KB098457

나는
행복을 촬영하는
방사선사
입니다

나는
행복을 촬영하는
방사선사
입니다

초판 1쇄 발행일 2024년 02월 26일

지은이 류귀복
펴낸이 이원중

펴낸곳 지성사 **출판등록일** 1993년 12월 9일 **등록번호** 제10-916호
주소 (03458) 서울시 은평구 진흥로 68, 2층
전화 (02) 335-5494 **팩스** (02) 335-5496
홈페이지 www.jisungsa.co.kr **이메일** jisungsa@hanmail.net

ISBN 978-89-7889-546-0 (03810)

잘못된 책은 바꾸어드립니다. 책값은 뒤표지에 있습니다.

또 다른 일상 이야기

나는
행복을 촬영하는
방사선사
입니다

류귀복 지음

 지성사

따뜻한 인사

"당신은 지금 잘 지내고 계시나요?"

나이에 숫자가 더해지면서 아침저녁으로 주식(主食) 외에 섭취하는 것들이 하나둘씩 늘어난다. 일상을 유지하기 위해 각종 영양제는 필수가 되고, 약사의 지도 없이는 복용할 수 없는 다양한 약제의 목록도 점점 쌓여간다.

크고 작은 경조사에서부터 직장과 가족 행사, 친구들 모임까지 챙겨야 할 것들은 또 왜 이리 많은지 모르겠다. 바쁜 와중에 이런저런 육체적 아픔에 정신적 고통까지 더해지다 보면 달력이 넘어가는 속도가 이전보다 더욱 빠르게 느껴진다. 어쩌면 '잘 지낸다'는 말이 쉽게 나오지 않는 게 당연한지도 모르겠다.

행복은 멀리 있다고만 여겨지던 어느 날, 오랜 친구로부터 안부 인사를 받고 나서 문득 쉽게 잘 지낼 수 있는 비결이 있지 않을까, 하는 엉뚱한 생각을 하게 되었다.

2009년 3월, '빅5 병원'이라 불리는 상급 종합병원에 비정규직으로 근무할 기회를 얻었다. 다사다난했던 2년 계약 기간이 종료되는 날, 일곱 명의 입사 동기 중 무려 다섯 명이 사원증을 반납했고,

나는 정든 동기들을 떠나보낸 부서에서 정직원으로 남아 지금까지 일을 하고 있다.

정규직으로 전환되고 3년 뒤, 6년 넘게 연애를 이어온 박씨 집안의 한 여인과 백년가약을 맺었다. 자석의 N극과 S극처럼 서로 떨어지지 않는 달달한 신혼 생활을 이어가던 중에 달갑지 않은 손님이 불현듯 찾아왔다.

어느 날 갑자기 한쪽 팔이 30도 정도의 각도로 굽어지더니 며칠 후에는 두 다리가 심하게 저려와서 열 걸음을 채 옮기는 것조차 어려워졌다. 사학 연금이 적용되는 안정된 직장에서 교직원이 되어 결혼도 하고, 이제 좀 살 만하다 싶은 때에 강직성 척추염이라는 중증 난치질환이 문득 내게 동행을 선포한 것이다.

원치 않는 동반자 때문에 매일 열 알이 넘는 약을 복용하면서 원형 탈모와 포도막염으로 인해 앞이 흐려지는 게 반복되다 보니 '차라리 생을 포기하는 게 낫겠다'라는 생각이 들 때도 있었다. 다행히 효과가 뛰어난 주사 치료를 시작하고 나서부터는 고통에 서서히 무뎌질 수 있었고, 보석같이 소중한 딸아이도 얻게 되었다. 그때부터 우리 부부는 천국과 지옥을 끊임없이 왕복하면서 기쁨과 슬픔이 수없이 교차되는 평범한(?) 나날을 보내고 있다.

"톡, 톡, 토도독, 톡, 톡.

톡톡, 토도독, 톡, 톡."

굵은 빗방울이 차량 보닛 위에 떨어지면서 둔탁한 소음을 만들어낸다. 비가 추적추적 내리던 어느 퇴근길, 30년 우정을 나눈 친구가 카카오톡으로 '잘 지내?'라고 안부를 물어온다. 매주 화요일마다 대학병원 주사실에 가서 몸에 주삿바늘을 찌르고 약을 넣고, 그것도 부족해서 진통제를 수시로 복용하는데 이게 과연 잘 지내는 것일까? 고민도 잠시, 나는 답을 적는다.

"응, '잘 지낸다'의 기준치를 낮게 하면 잘 지내."

그날 밤, 10년 가까이 병원 직원과 환자를 겸임하면서 평균 이하의 체력으로 평균 이상의 행복감을 느끼게 된 한 가장의 이야기가 많은 사람에게 위로가 되어주길 기대하며 펜을 들었다. 바쁜 일상에서 어렵게 마련한 귀중한 시간을 무명작가의 글에 할애해주기로 결심한 독자들에게, 넷플릭스보다 더한 즐거움을 주기 위해 흥미로운 소재를 구상하고 문장을 다듬었다.

잠시 긴장을 풀고, 남의 이야기를 보면서 나의 이야기처럼 공감하며 웃다가 울다가를 반복하길 바란다. 마지막 페이지까지 천천히 음미하면서 의미 있는 시간을 보내다 보면, '행복'이라는 단어가 가진 상대적 가치의 기준선이 손톱만큼이라도 더 낮아질 것이라 믿어 의

심치 않는다. 짧은 여정 동안, 삶에서 가장 소중한 게 무엇인지 한번 떠올려보길 바란다.

　　"당신은 지금 잘 지내고 계시나요?"

　　이 질문에 대한 당신의 답은 이 책을 덮은 후에 들었으면 한다.

차례

2부 　가운과 크록스

3부 　아빠는 일인다역

4부   숨은 행복 찾기

1부

방사선 구역

로비에
성당이 있는
건물

부촌 반포동 중심에는 절박한 사람들이 희망을 갖고 찾는 건물이 있다. 가까운 곳에서 걸어서 오기도 하고 버스나 비행기를 타고 먼 곳에서 오기도 한다. 이곳은 나이와 성별, 직업에 관계없이 다양한 사람들이 찾는다. 방문하는 사연 앞에서는 부자나 가난한 사람 모두가 평등하다.

건물에 들어서면 아트리움을 통해서 햇살이 넉넉히 비추는 1층 로비 한편으로 복층 성당이 있고, 성당 입구에는 석고로 만든 검은색 기도하는 손과 연회색의 성모상이 자리하고 있다. 성당 앞을 지날 때면 시간 구분 없이 간절히 기도하는 사람들을 자주 보게 되는데, 대부분 기도에 익숙해 보이지만 가끔씩 기도가 처음인 듯 서툴러 보이는 사람들도 눈에 띈다.

간혹 북적이는 로비 중앙에서 무릎을 꿇고 간절히 기도하는 사람들을 볼 때면 절박한 상황에서 종교를 초월하여 신에게 의지하고자 하는 인간의 절실함이 느껴진다. 가족의 건강을 기원하는 그들의 간절함이 신께 조금이라도 더 잘 전달되었으면 하는 바람으로 성모님을 마주할 때면 내가 믿는 신께 잠시 기도하는 것으로 마음을 나눈다.

'로비에 성당이 있는 건물'에서는 매일 24시간 수천 명의 직원이 수많은 사람의 기도가 현실이 될 수 있도록 땀 흘리며 노력하고 있다.

동문 옆에는 생사의 갈림길에 놓인 사람들을 생으로 이끌기 위해 사투를 벌이는 응급실이 있고, 그 옆으로는 예수님이 일으키신 기적처럼 앞을 보지 못하는 사람들의 눈을 뜨게 하는 안과가 있다.

붐비는 안과를 지나 남문 옆으로 가면 이탈리아어로 천사를 의미하는 카페 안젤로가 보인다. 천사의 카페답게 컵 홀더에는 작은 글씨로 'Taste a Piece of Heaven on Earth(지구상에서 천국을 맛보세요)'라고 적혀 있다. 음료 값은 천국을 잠깐 맛보기 위한 입장료라고 생각하면 저렴하지만 천사가 운영하는 카페라는 사실을 감안하면 비싸게 느껴진다.

그러나 반대편에 적힌 '카페 안젤로 수익금 전부는 학교법인 가톨릭학원(가톨릭대학교 및 서울성모병원 등)을 통해 교육과 의료활동으로 사회에 환원됩니다'라는 문구를 발견하는 순간 생각이 바뀐다. 성당 앞에서 간절히 기도하던 분들의 모습이 떠오른다. 커피를 마시는 행위가 작은 도움으로 전해질 수 있다는 사실을 깨닫게 되면서, 비싸게만 여겨지던 커피값이 갑자기 합리적으로 인식되는 기적이 일어난다. 역시 천사가 운영하는 성당 옆 카페는 다르다.

10년 넘게 가운을 입고 병원에서 일을 하다 보니 '평범한 일상은 지옥보다는 천국에 더 가깝다'라는 사실을 자주 확인하게 된다. '로비에 성당이 있는 건물'에서 간절히 기도하지 않아도 되는 지극히 평범한 하루, 이 하루가 얼마나 소중하고 감사한 하루인지 잠시 시간을 내어 생각해보았으면 한다. 하루 앞에 붙는 '평범'이란 단어는 누군가에게는 '행복'으로 해석되는 꿈만 같은 단어일 수도 있기 때문이다.

아침에 눈을 떠서 직장에 출근하고 소중한 가족들과 함께 저녁 시간을 보내는 것에 대한 감사함을 잊지 않기 위해 오늘 하루도 천국에서 보내는 것으로 선택하고, 전화기를 꺼내 프로필에 'Feel a Piece of Heaven on Earth'라고 적는다.

화려한
스펙의
악역

어색하게 앉아 있던 의자가 서서히 눕혀지고, 불편한 몸에 더해 마음까지 불안해지기 시작한다. 동그란 구멍이 나 있는 질감이 거친 파란색 포로 눈이 가려진 뒤, 입을 크게 벌리라는 소리가 들린다. 한쪽 귀 근처에서 섬뜩하게 울려 퍼지는 드릴 소음은 순식간에 나를 공포영화 속 주인공으로 만들어놓는다.

곧이어 선한 미소로 인사를 나누던 사람은 돌변하여 악역을 담당한다. 잠시나마 인자했던 악역 앞에서는 의지와 상관없이 급격히 겸손해진다. 불편하면 손을 들라고 하는데 도저히 손을 들 수가 없다. 손을 들까 말까? 들어도 될까? 진짜 들어도 되나? 이같은 고민을 반복하다 보면 다행히 드릴 소리가 멈춘다. 눕혀 있던 의자가 천천히 다시 올라가면서 급하게 뛰던 맥박도 차분히 안정을 되찾는다.

옆에 있는 사람은 눈을 가려서 본인이 행한 일을 모른다고 생각하는지 다정한 미소를 보이며 끔찍한 말을 전한다. "○○○ 님, 오늘 1차 신경 치료 잘 마쳤습니다. 일주일 후에 뵙겠습니다." 흔히 1차라는 말은 뒤에 2차, 3차가 이어져 있는 경우에 사용한다. 그렇다면 일주일 후에 이 고통스러운 경험을 다시 해야만 한다. 그리고 2주일 후에 재차 반복할 수도 있다. 아직 마취가 다 풀리지 않아 입술이 얼얼하고 움직임도 어색하지만 시간이 이대로 멈춰버렸으면 좋겠다고 생각한다.

지니던 아픔과의 이별을 앞두고 불편하게 누워 있는 이들에게 다가와 새로운 고통을 선사하는 인물들의 스펙은 화려하다. 친절하게 눈을 가려주고 으스스한 소음을 들려주는 배역의 오디션은 수능시험으로 대체되는데, 합격의 기쁨을 만끽하기 위해서는 대한민국 입시 피라미드 가장 꼭대기에 있는 학과에 입학해야 한다. 치열한 경쟁을 뚫고 어렵게 들어간 대학에서도 최소 6년을 더 공부한 후, 국가고시에 합격해야만 악역을 수행할 수 있는 정식 면허증이 수여된다.

내가 재직하고 있는 부서에는 드릴 사용을 전담하는 주연 배우인 치과의사가 무려 30명 넘게 근무하고 있다. 추가로 악역을 돋보이게 하기 위한 지원팀도 있는데, 팀원은 치과위생사 19명을 포함하여 총 26명으로 구성된다. 기타 수납, 안내, 미화, 주차 등의 간접적인 업무 지원 인력도 상당하다.

이 중 나의 역할은 '스펙 좋은 악역'이 소름 끼치는 상황을 연출하기 전, 눈으로 볼 수 없는 부분을 모니터를 통해 눈에 보이게 만드는 도입 부분의 '희망과 위로' 파트를 담당하는 방사선사다.

가끔 기대와는 다르게 치아의 수명이 끝났다는 선고 전, '절망과 슬픔' 파트를 준비하기도 한다. 이처럼 치과 진료 시 치과의사가 역할을 충실히 수행할 수 있도록 다음 에피소드의 예고편이 될 수 있는 영상을 촬영하여 모니터에 띄우는 '치과 방사선사'가 정확한 나의 배역이다.

플라멩코
추는
인턴

3월 신학기가 시작되면 병원이 분주해진다. 올해는 다섯 명의 치과 인턴 중 두 명이 탈락하고, 세 명이 레지던트가 되었다. 탈락한 인턴들은 재수생이 되어 이듬해에 재응시하거나 페이 닥터(pay doctor)로 취업한다. 아주 가끔 개원을 하는 경우도 있다. 미필 남성에게는 바리캉으로 머리를 밀고 군의관이 될 수 있는 옵션이 추가된다.

전임자들의 빈자리는 의욕이 실력을 앞서는 새로운 인턴들이 채운다. 신규 인턴들에게는 합격 선물로 '장기 자랑'의 기회가 주어지는데 주로 춤을 선택하고 연습한다. 간혹 멋진 군무 공연을 하는 경우도 있지만 대개는 다섯 명이 각자의 리듬에 따라 몸을 흔들기에 바쁘다. 주로 엇박이 심할수록, 재능은 없는데 흥이 많을수록, 연습은 부족한데 진지할수록 관객들의 반응은 더 뜨거워진다.

이 공연의 정식 명칭은 '인턴 신고식'이다. 재능이 없음에도 재능 기부에 참가한 공연자들의 모습을 보고 있으면 즐거움과 동시에 안쓰러움이 느껴진다. 다행히 안타까운 감정이 점점 더 크게 인식되던 시기에 장기 자랑은 '직장 내 괴롭힘' 범주에 포함되어 추억 속으로 사라지게 되었다.

24시간 운영되는 치과의 응급 당직 근무는 주로 인턴이 담당한다. 하루 평균 응급환자 수는 두세 명이다. 없는 날도 있고, 다섯 명인 날도 있다. 환자가 많이 따르는, 일명 '환타' 인턴이 당직인 날은 유독 응급실이 붐빈다. 복불복인 것 같지만 은근 공평하다. 의사에게는 경험이 곧 자산인데 환자를 본 만큼 내공이 쌓인다. 주간에는 외래 진료 열외의 장점 아닌 장점이 있고, 혼자 처리할 수 없을 때 도움받을 사람도 있으니 부담이 작은 편이다. 야간이나 주말은 상황이 다르다. 특히 심야에 내원하는 외상 환자의 경우, 환자와 의사 모두에게 끔찍한 상황이 빈번히 발생한다.

열과 성의를 다한 인턴의 밤샘 진료로 촬영실은 종종 피바다가 된다. 벽과 바닥, 촬영 장비와 납 방어복까지 온통 피로 범벅이 된다. 가끔 PC 본체와 모니터 화면까지 선혈을 남기는 경우도 있다. 범죄 현장보다 더 참혹한 아침이다. 미처 닫지 못한 촬영 영상을 보니 21세 남성의 앞니 네 개가 부러져 있다. 촬영 시간은 새벽 2시다. 이런 경우 십중팔구는 음주가 원인이다. 짧은 원망의 시간을 가진 후 현실로 돌아와 장갑을 착용한다. 락스와 소독 티슈로 청소를 시작하면 짧게는 20분, 길게는 한 시간이 걸린다. 아침부터 땀범벅이다.

비참한 현장은 주로 자전거나 킥보드를 타다 넘어져서 이가 부러졌거나, 지나친 음주로 땅이나 벽에 맞아서(?) 오는 경우에 발생한다. 사람이나 짐승의 탈을 쓴 인간에게 폭행을 당해서 오는 경우도 종종 있다. 사람이 술을 마셔야 되는데 자꾸 술이 사람을 마신다. 절주하는 사회가 되면 응급실 혼잡도는 지금보다 훨씬 낮아질 것 같다.

술에 취한 외상환자를 촬영하는 것은 칸테(노래), 토케(기타 연주), 바일레(춤)와 팔마스(박수)로 이루어진 플라멩코 공연과 매우 흡사하다. 환자가 화려한 빨간색 주름치마 대신 피로 얼룩진 옷을 입고, 현란한 발놀림과 몸짓으로 리듬을 타기 시작하면 술자(환자의 치료나 검사 등의 행위를 돕는 담당자)가 비틀거리는 그를 부축하기 위해 파트너가 되어 함께 리듬을 탄다. 두 댄서의 움직임은 무대 곳곳에 닿아 지우기 힘든 혈흔을 남긴다. "정신 차려"라는 소리를 반복하는 거칠고 깊은 보호자의 목소리는 노래처럼 울리고, 기타 연주는 촬영 중인 장비에서 흘러나오는 연주 음악이 대신한다. 장소 특성상 관객들의 박수와 함성은 생략된다.

응급환자의 방사선 촬영은 대부분 인턴이 담당한다. 퇴근 후에는 도와주고 싶어도 도와줄 수가 없지만 주간에는 상황이 다르다. 밝은 기운이 감싸고 있는 인턴이 당직인 경우 바쁘지 않으면 도와준다. 어두운 그림자를 몰고 다니는 인턴인 경우에는 일부러 눈길을 피한다.

'피바다 사건'이 발생한 지 일주일이 지났다. 그 사건의 용의 선상에 놓였던 예의 바른 인턴이 촬영 난도 최상의 환자가 타고 있는 휠체어를 밀면서 다가오는 게 보인다. 당직표에 적힌 이름을 확인해서 그가 용의자임을 알고 있다. 사라진 장기 자랑에 대한 아쉬움이 남았는지 만취해 비틀거리는 환자와 함께 깊은 밤 촬영실에서 리듬에 몸을 맡겼던 바로 그 인턴이다. 고의성이 없었고 초범이었기에 조용히 넘어갔을 뿐이다. 밝은 미소로 인사를 잘하는 전자의 인턴이지만, 그날 사건에 대한 소심한 복수로 오늘만큼은 도와주지 않기로 결심한다.

다짐도 잠시, 봉이 달린 휠체어를 회전하는 기계에 자리 잡게 하려는 것이 레이더망에 포착된다. 기다리고 있던 모든 환자를 제쳐두고 급하게 달려가 인턴을 돕는다. 수액을 이동형 폴대에 옮겨 달아 옆으로 옮긴 후, 환자를 봉이 없는 의자로 옮겨 앉혀서 촬영한다. 이 행동은 인턴을 돕는 행동이지만 사실은 나를 위한 행동이다.

파노라마 촬영은 기계가 360도 회전을 하면서 영상을 획득한다. 먼저 발견하지 않았다면 회전하다가 봉에 부딪혀 장비에 손상이 가거나 달려 있는 수액 병이 깨질 수도 있다. 방사선실 안에서 발생한 사고 뒷수습에는 언제나 내 지분이 가장 크다. 끔찍한 상황을 예방한 후, 안도할 새도 없이 밀린 환자의 촬영을 다시 시작한다.

다음 날 아침, 책상에 아이스 아메리카노 한 잔과 함께 메시지가 적힌 노란색 포스트잇이 붙어 있다.

어제 도와주셔서 감사합니다. 인턴 ○○○ 드림.

차가운 커피를 마시는데 이상하게 가슴이 따뜻해진다. 촬영실에 CC-TV를 설치해야 되나를 고민했던 나 자신이 부끄러워지면서, 밤새 잠 한숨 못 자고 고생한 인턴을 원망했던 사실이 미안해지기까지 한다.

스페인 남부의 따가운 햇살 아래에서 피 끓는 열정으로 플라멩코를 추었던 집시들처럼 피범벅인 환자를 진료했던 인턴이, 레지던트를 거쳐 전문의가 될 때까지 그 열정을 간직하길 소망하며, 얼룩이 지워지지 않는 납 방어복을 교체하기 위해 구매 신청을 한다.

커피를 한 모금 더 마신다. 아직은 쌀쌀한 3월이지만 따스한 온기가 전해지니 몸도 마음도 포근해진다.

메라비언의
법칙

　　대한민국의 상급 종합병원은 경복궁이나 덕수궁 같은 관광 명소는 아니지만 미국, 일본, 러시아, 프랑스, 카타르, 아랍에미리트 등 국적이 다양한 사람들이 많이 찾는다. 한복 체험은 환자복이, 한식 체험은 입원식이, 가이드의 역할은 통역사가 대신한다. 언어의 장벽이 있음에도 이들의 방문은 대체로 환영받는다. 건강보험 적용이 안 되는 외국인들에게는 국제진료 수가가 적용되어 내국인 대비 높은 비용을 청구할 수 있기 때문이다.

　　병원 입장에서는 한정된 시간 안에 높은 수익을 올릴 수 있는 외국인 환자를 반기는 게 당연하다. 이러한 사유로 국제진료 담당 부서에서는 외국인 환자 유치를 위해 총력을 기울이며, 다양한 언어의 통역을 지원한다.

통역 지원의 유무를 떠나 다국적 환자를 촬영할 때는 입으로 하는 언어와 몸으로 하는 언어를 적절히 섞어서 사용한다. 영어를 사용하는 경우 전자의 비중이 높아지고, 비영어권인 경우 후자의 비중이 월등히 높아진다. 타고난 몸치여서 춤은 잘 못 추지만, 흥이 많아 표현력은 우수한 편이다. 덕분에 몸으로 하는 언어에 강한 면모를 보인다. 의사소통에서 언어가 차지하는 비중은 7퍼센트에 지나지 않으며, 비언어가 차지하는 비중이 나머지 93퍼센트를 차지한다는 '메라비언의 법칙'은 몸으로 하는 언어에 자신감까지 더해준다.

촬영은 밀리는데 대기 환자의 이름이 심상치 않다. 칸이 넘어갈 정도로 길고 읽기도 어렵다. 이런 경우에는 대부분 아랍인이거나 러시아인일 확률이 높다. 자세히 보니 긴 이름 끝에 '스키'가 보인다. 러시아인이다. 바쁜 상황에서는 통역사를 기다릴 여유가 없다. 언어의 마술사 소환을 기다리지 않고 환자를 호명하기로 한다.

"○○○○○○스키~~!!" 하고 이름을 부르니 보드카 한 병을 원 샷 해도 끄떡없을 것 같아 보이는 덩치 큰 사내가 기운차게 촬영실에 들어온다. 입의 언어로 "쁘리볘뜨(안녕하세요)"하며 반갑게 인사하고, 몸의 언어를 사용해서 자연스럽게 납 방어복을 입힌다. 촬영을 위한 자리에 환자를 서게 하고, "브리꾸쉬쪠(무세요)" 하고 말하니 앞니로 바이트블록(Biteblock, 위, 아래 치아가 서로 물리지 않게 띄워주는 장치)을 살짝 문다. 협조가 잘된다. "녜 쉐웨리졔스(그대로 계세요)" 하고 촬영실을 나가니 그가 지시대로 움직이지 않고 잘 기다린다. 기계가 환자 얼굴 주변을 천천히 한 바퀴 돌고 나서 제자리로 돌아온다. 촬영이 수월하게 끝났다.

"쟈꼰칠리(끝났습니다)" 하고 말하니 그가 활짝 웃으면서 밖으로 나온다. 어려운 일을 해냈다는 뿌듯함에 나도 함께 웃는다. 그가 손을 내밀며 악수를 청한다. 큰 손에 나의 작은 손을 전하니 '이름모를스키'는 내 손을 덥석 움켜쥐고 흔들며 알아들을 수 없는 말을 빠르게 내뱉는다. 이국 땅에서 오래된 친구를 만난 것 같은 반가운 눈빛이다. 나는 입을 굳게 다문 채 순진한 표정을 지으며 통역사가 오기만을 기다린다. 때마침 등장한 언어의 마술사에게 "저는 러시아어를 못한다고 좀 전해주시겠어요?"라고 말한다. 통역이 말을 전하니 그가 그럴 리 없다는 표정을 지으며 뭐라 뭐라 이야기한다.

몸의 언어만 있어도 촬영에 큰 어려움은 없지만, 더 나은 의사소통을 위해 꼭 필요한 네 문장을 통역사에게 배워 필요할 때마다 사용한다. 입으로 하는 언어의 부족한 부분은 몸의 언어가 열심히 움직이며 채워준다. 러시아인 환자들은 촬영 중 들은 네 가지 문장으로 내가 러시아어를 잘한다고 착각에 빠지게 된다. 아쉽지만 한국인 친구를 사귀고 싶었던 그의 바람은 이루어지지 못하고 짧은 인연은 끝이 난다.

외국인과의 의사소통에서는 가진 능력 대비 자신감이 과하
게 넘치는 편이다. 이유는 단순하다. 몸의 언어까지 더해지면 대
부분 상황에서는 단어 몇 마디만 사용해도 의사소통이 충분히
가능하기 때문이다.

이번에는 히잡을 두른 아랍의 여인이다. 수녀님처럼 수수한
옷차림은 에코백이 어울릴 것 같지만, 값비싼 명품 브랜드의 가
죽 가방을 들고 있다. 옷의 단순함을 액세서리로 만회하려는 듯
몸에 달린 보석도 많다. 이들은 대부분 가족을 동반하고, 방문
규모는 소가족에서 대가족까지 다양하다. 뒷모습이 마법사가 연
상되는 그녀의 촬영은 여러모로 조심스럽다. 다행히 보호자가 함
께 있어 지루해 보이지 않는다. 93퍼센트의 몸의 언어를 포기하
고, 통역사를 기다렸다가 7퍼센트의 입으로 하는 언어에 집중하
여 촬영을 진행한다.

내원하는 외국인들이 가장 많이 사용하는 언어는 역시 영어
다. 나의 영어 실력은 고무줄처럼 늘어나고 줄어들기를 반복한
다. 상대에 따라 달라지며 편차도 크다. 영어가 모국어인 사람이
나 원어민 수준으로 영어를 구사하는 사람과 대화를 할 때면 실
력이 빛을 발한다. 거침이 없다. 동남아인 느낌의 외모 덕분에 미
국인은 안 되지만 필리핀 현지인 수준은 되는 것 같다.

반대로 영어가 서툰 외국인과 대화할 때면 회화 능력이 급격
히 퇴화해서 소통에 어려움을 겪는다. 문장이 아닌 단어로만 겨

우겨우 의미를 전달하고, 귀 대신 눈으로 반응을 확인한다. 사실 전자의 상황에서는 상대방이 잘 받쳐주기 때문에 내가 잘하는 것처럼 느껴지는 것이다. 이 상황은 단지 나의 착각일 뿐이고, 후자가 진짜 내 실력이다. 프로농구 선수 네 명과 함께 한 팀을 구성해서 일반인 다섯 명과 농구 시합을 했을 때, 내 농구 실력이 뛰어나서 우리 팀이 잘하는 것처럼 느껴지고, 순간 '마이클 조던이 나로 환생했나?' 하는 착각에 빠지는 것과 비슷한 이치다.

"너 자신을 알라"는 소크라테스의 가르침을 실천하는 게 쉬운 일이 아니다.

나 자신을 알아가기 위해 노력하면서 느낀 바가 있다. 나는 사랑받기에 충분한 사람인 줄 알았다. 집에서는 좋은 남편이자 아빠였고, 직장에서는 일 잘하는 직원이었다. 부모님에게는 효자였고, 처가에는 남부럽지 않은 사위였다. 이 모든 건 내 착각이었다는 사실을 다행히 너무 늦지 않게 깨달았다.

지금까지 인내심 많은 아내 덕분에 행복한 가정생활을 유지할 수 있었고, 부족한 부분을 채워주는 동료들 덕분에 뛰어난 업무 성과를 올릴 수 있었다. 넘치는 사랑으로 길러주신 부모님 덕분에 잘 성장할 수 있었고, 백년손님을 자식처럼 아껴주시는 장인, 장모님 덕분에 처가에 부끄럽지 않은 사위가 될 수 있었던 것이다.

영어를 잘하는 외국인과 대화를 하면 내가 원어민이 된 것 같은 착각을 느끼는 것처럼 주변에 좋은 사람들이 있어서 내가 좋은 사람이라고 느껴지는 것이다.

누군가와 함께 있을 때 본인이 좋은 사람이라고 여겨진다면 상대방이 나를 빛나게 해주는 것은 아닌지 생각해보았으면 한다. 돌이켜보면 관계에서 내 역할은 7퍼센트에 지나지 않았고, 주변에서 나머지 93퍼센트를 채워준 덕분에 아름다운 인연이 될 수 있었다.

자신이 밝게 빛나는 순간이 있다면, 자신을 환하게 비춰주는 소중한 사람들이 가까이에 있음을 기억하길 바란다.

파블로프의
개

나에게는 매일 하루 세 잔씩 보약처럼 꾸준히 마시는 음료가 있다. 한두 모금 마시면 기분이 좋아지고 피로도 사라진다. 이 음료는 직장생활을 유지하는 데 월급 다음으로 기여도가 높다. 내 경우에는 월급 동결은 견딜 수 있어도 근무 중 이 음료 섭취를 금지하면 심각하게 퇴직을 고민하게 될 것 같다. 아주 오래전 염소가 먹고 흥분했다는 신비의 빨간 열매는 바로 커피다.

나는 '믿음, 소망, 사랑' 다음으로 중요한 것을 꼽으라면 고민 없이 '커피'를 선택할 정도로 커피에 대한 의존도가 높다. 인류 최고의 발견 중 하나로도 커피를 꼽는다. 가장 즐기는 메뉴는 계절에 상관없이 얼음을 동동 띄운 아메리카노다. 이런 나를 동료들은 얼죽아('얼어 죽어도 아이스 아메리카노'의 줄임말)라고 부른다.

아침 출근길 지하철을 타보면 왜 지옥철이라고 불리는지 알수 있다. 이때 열차에 탑승한 대부분의 사람은 행선지를 천국으로 바꾸기 위해 귀에 이어폰을 꽂고 음악을 선곡한다. 익숙한 곡이 흘러나옴과 동시에 몸에 생기가 돌면서 마음이 편안해지기 시작한다. 왜 음악을 합법적 마약이라고 하는지 이해하게 되는 순간이다. 나 역시 출근길에는 음악을 듣는다. 효과를 극대화하기 위해 물약도 추가로 복용한다. 커피는 어느 순간부터 나에게 처방전 없이 복용하는 약이 되어버렸다. 음악과 커피가 함께해야 비로소 직장인의 출근길이 완성된다.

현관문을 열고 나오면서 이어폰을 귀에 꽂는다. 지하철의 승강장까지는 도보로 5분 30초. 매일 같은 시각, 같은 승강장 번호 앞에 선다. 열차에 탑승하고 착석에 성공하면 2분 이내 잠이 든다. 알람이 울리기까지 21분간 숙면을 취하고 잠에서 깨어난다. "이번 역은 고속버스터미널, 고속버스터미널 역입니다. 내리실 문은 왼쪽입니다" 하는 안내 방송이 나오면 엉덩이 끝을 앞으로 10센티미터 정도 당겨 앉는다. 몸을 살짝 기울여 앞사람에게 준비 신호를 전달한다. 열차가 승강장으로 접근하기 시작하면 재빨리 의자에서 엉덩이를 뗀다. 신호를 알아채고 눈빛이 반짝이던 앞사람이 좌우에 있는 두 명의 경쟁자를 물리치고 빈자리를 차지한다. 착석에 성공한 세리머니로 두 눈을 감는다.

열차에서 내려 계단을 오르면 아담한 테이크아웃 커피 전문점이 보인다. 사막의 오아시스 같은 곳이라 그냥 지나칠 수 없다.

바쁜 걸음을 잠시 멈추고 아이스 아메리카노를 한 잔 주문한다. 커피를 받으려고 이동하면 제조 담당 여직원과 눈이 마주친다. 가장 붐비는 시간대를 담당하는 만큼 손이 엄청 빠르다. 내가 컵홀더와 빨대를 준비하는 동안 음료 제조가 끝이 난다. 커피를 받아들고 서둘러 개찰구를 통과한다. 조급한 출근길에 마시는 아이스 아메리카노 한 모금은 언제나 기분 좋은 하루를 여는 신호탄이다.

시간이 흘러 계절이 두 번 바뀌었다. 그녀가 나를 위해 만들어준 커피도 어느덧 100잔을 넘었다. '커피 나왔습니다', '감사합니다'라는 두 문장이 우리 대화의 전부였지만 이제는 눈빛으로 안부를 확인하는 사이가 되었다. 그런데 믿었던 그녀가 어느 날 실수를 저질렀다. 사건 당일, 소소한 일탈이 필요했던 나는 아이스 아메리카노를 과감히 포기하고 아이스 라떼를 주문했다. "커피 나왔습니다"라는 인사 겸 안내를 받고, "감사합니다"라는 인사 겸 답을 했다.

커피를 건네받고 개찰구를 통과해서는 부드러운 우유 맛을 음미하기 위해 일부러 섞지 않고 빨대로 한 모금 마셨다. 순간 나의 일탈이 실패했다는 것을 직감했다. 한 모금 더 마시고 잔을 들어 색깔을 확인해보니 익숙한 맛과 색상이다. 100번을 넘게 마셨다. 이 맛은 아이스 아메리카노가 확실했다. 내가 주문을 잘못했거나, 카운터 직원이 잘못 들었을 수도 있다. 휴대폰 문자 내역을 확인해보니 전날보다 5백 원이 추가된 금액으로 결제되어 있다. 가격 인상에 관한 어떠한 힌트도 없었다. 그렇다면 라떼 금액이 확실하다.

범인은 제조 담당 직원이었다. 믿었던 그녀가 내게서 5백 원을 갈취해갔다. 라떼 금액을 지불한 나에게 아메리카노를 전달했다. 하지만 가장 중요한 증거가 없다. 영수증만 들고 가서 따지다가는 진상 고객으로 오해받기 딱 좋은 상황이다. 비장의 카드 '강력한 말발'이 있지만 이미 교통카드를 찍고 나와버렸다. 눈앞에는 38선 마냥 지금은 넘을 수 없는 개찰구만 보인다. 기분 좋은 하루를 여는 신호탄이었던 커피가 아침을 망치고 있다. 제대로 역할을 못 하고 있는 게 분하고 억울하지만, 바쁜 출근길에 되돌아갈 수도 없고 마음만 점점 초조해진다.

짜증 반, 화 반의 심정으로 걷다 보니 어느덧 '로비에 성당이 있는 건물' 앞 횡단보도에 도착한다. 빨간 불이라 잠시 멈춰 서니 이른 아침 추위 때문인지, 올라오는 화 때문인지 몸이 살짝 떨리기 시작한다. 마음을 추스르고 잠시 상황을 되돌아본다. 이 기분으로 횡단보도를 건너면 나의 안 좋은 기분이 동료와 환자들에게까지 전달될 것이다. 그럴 수는 없다. 고개를 내밀기 시작하는 길가의 봄꽃들처럼 출근길 나의 마음도 화사해질 수 있도록 생각을 전환해야 한다.

커피에도 옵션이 있다. 샷을 추가하거나 사이즈를 변경하려면 비용이 발생한다. 내가 이용하는 카페는 단골 인증 옵션이 있었다. 메뉴판에 나와 있지 않은 인증을 받기 위해 5백 원을 추가로 지불하고 제조 직원과 눈이 마주쳤다. 그녀는 귀로는 아이스라떼를 듣고, 손으로는 아이스 아메리카노를 제조했다. 그녀와 나는 '파블로프의 개'처럼 훈련되어 있었던 것이다. 나의 얼굴은 종이 되어 울렸고, 그녀는 종소리에 반사적으로 아이스 아메리카노를 만들었다. 단골 인증에 성공한 것이다.

각박한 세상에서 사소한 나의 커피 취향까지 알아주는 낯선 이가 존재한다는 사실은 마음에 온기를 채우기에 충분한 조건이 되었고, 그녀가 내게 준 건 단골 고객에게만 제공되는 특별한 커피가 되었다. 값으로는 매길 수조차 없다. 사소한 일이지만 생각을 전환하니 감사하고 미소 짓게 된다. 짜증 날 수 있는 일도 마음먹기에 따라 얼마든지 기쁨과 행복이 될 수 있고, 행복과 불행은 결국 개인의 선택에 따라 결정되는 것이었다.

카페 직원에게 나는 반사적으로 아이스 아메리카노가 떠오르는 사람이 되어 있었다. 이처럼 우리의 얼굴은 누군가에게 종이 되어 울리기도 한다. 좋은 기억이 반복해서 쌓인 사람과는 눈이 마주치면 자동적으로 미소 짓게 되고, 반대로 나쁜 기억이 반복된 사람은 어떻게든 피하고 싶어진다. 이름만 들어도 치가 떨리기도 한다.

시간을 공유한 사람에게 이름이 전달될 때 기억은 반사적으로 파노라마 같은 영상을 펼친다. 수많은 사람이 연출하는 다양한 에피소드에서 악역이 아닌 선한 배역으로 캐스팅되기 위해서는 작은 인연들도 소중히 여길 필요가 있다. 마음에 울림을 주는 특별한 시나리오가 만들어진다면 주인공이 되어 연기할 기회도 얻을 수 있다. 조연도 물론 중요하지만 한 번뿐인 인생인데 주연도 한 번 해봐야 하지 않겠나.

주변 사람들에게 울림이 큰 종을 울려보자.

오빠라고
불러다오

평소 부탁을 잘 하지 않는 치과위생사 선생님이 다가와 "선생님, 죄송하지만 내일 오전에 엑스레이 촬영, 한 분만 부탁드려도 될까요?"라며 조심스럽게 입을 연다. 목소리가 미세하게 떨리고 눈빛도 슬퍼 보인다. 이유를 물으니 "내일 박진상(가명) 환자가 오는데 교수님께서 진료 전에 엑스레이를 먼저 촬영하자고 하셨어요"라고 답한다. 어렵지 않은 촬영인데 왜 군이 와서 부탁하는 걸까?

박…진…상…?? 이름이 익숙하다. 기억력이 좋지 않은 내가 이름을 기억하고 있을 정도라면 개성이 뚜렷한 환자일 가능성이 높다.

자세한 사연을 들으니 역시 가관이다. 이름을 호명하면 자꾸 이름을 부르지 말고 '오빠'라고 부르라고 한단다. 친근한 오빠답게 그를 향한 여직원들의 관심도 상당하다. 바쁜 와중에 남겨놓은 그의 특별한 언행에 관한 기록들이 다채롭다. 3년 사귄 남자친구가 바람을 피운 것보다 더한 분노가 느껴지는 글도 많다.

오빠의 나이를 보니 68세다. 아무리 나이는 숫자에 불과한 세상이라고는 하지만 20대 여직원이 오빠라고 부르기에는 적혀 있는 숫자가 너무 크다. 전직 장군 출신이었는지 기록에는 응대에 주의를 요한다는 별도 많이 달려 있다.

40대 중후반의 접수 선생님이야 "아이고, 저희 아버지보다도 연세가 많으신데 어떻게 오빠라고 부르나요?"라고 웃으며 받아칠 수 있지만 젊은 여직원들은 응대가 어렵다. 진료 전날부터 스트레스를 받는 담당 직원의 걱정을 조금이라도 덜어주기 위해 "걱정 마요. 내일 오시면 진상이 형이라고 불러드릴게요"라고 웃으며 이야기해준다. 손녀뻘인 어린 여직원들에게 오빠라고 불리고 싶어 하니 내게도 형이라고 불리고 싶어야 정상이다. 적어도 내 기준에서는 그렇다.

다음날, 진상 형과의 만남을 기다리고 있는 나에게 다행히 오늘 예약이 취소되었다며 사내 메신저로 연락이 왔다. 금요일 오후도 아닌데 대화창에는 웃음 이모티콘이 가득하다. 모니터에 활짝 웃고 있는 직원의 얼굴이 보일 정도다.

내 기억에 박진상 환자는 에베레스트산도 등반 가능한 복장과 장비를 갖추고 도심 한복판 병원에 왔었다. 아마도 진상 형의 취미는 등산인 것 같았다. 그가 정말로 오빠가 되기 위해 손주들의 동화책에서 본 '젊어지는 샘물'을 찾아 여행을 떠난 건지, 아니면 정신 수양을 위해 히말라야로 등반을 간 건지는 알 수 없지만 아무튼 그 이후로는 그를 볼 수 없었다. 당연히 그가 다시 오길 바라는 직원도 없었다. 그가 처음이자 마지막으로 남긴 친절은 노쇼(no show, 예약 부도)였다.

예약이 약속인 시대에서 노쇼가 다행인 삶을 살고 있는 그가 안타깝다. 그가 만약 예정대로 내원했으면 나는 과연 그를 형이라고 부를 수 있었을까? 아마도 그는 '박진상 님'이라고 호명하는 내 앞에서는 젊어지고 싶은 그의 욕구를 드러내지 않았을 것 같다.

오늘 하루, 나는 누군가의 이웃으로서 무례함은 없었는지, 만난 누군가에게 상처를 주지는 않았는지, 그리고 나 역시 누군가에게는 환영받기 힘든 존재가 되도록 행동하고 있는 건 아닌지 스스로를 되돌아본다.

ALARA

의사 하면 제네바 선언(과거 히포크라테스 선서)이 떠오르고, 간호사 하면 나이팅게일 선서가 떠오르지만 방사선사 하면 특별히 떠오르는 것이 없다. 통제가 필요한 인간의 특성을 고려하면 위험한 방사선을 다루는 방사선사에게도 어떤 특별한 선서가 있을 법도 한데 딱히 생각나는 건 없다. 방사선사 면허 취득 후 이례적으로 하는 특별한 선서는 실제로도 없다.

하지만 방사선사가 현장에서 지켜야 할 원칙은 있다. 국제 방사선 방호위원회는 1965년에 ALARA(As Low As Reasonably Achievable, 알라라)라는 방사선 방호 원칙을 권고했지만 일반인들에게는 생소하다. ALARA는 '사회적 경제적인 요소들을 감안하여 방사선 피폭의 수준을 합리적으로 달성 가능한 한 감소시킨다'라는 의미다. 쉽게 설명하면 환자의 피폭량은 진단 가능한 범위에서 최소화해야 한다는 것이다.

손이 부러져서 온 환자에게 서비스로 멀쩡한 다리를 촬영해서는 안 된다는 것이고, 군 시절에 나를 괴롭히던 선임병이 운 좋게(?) 다리가 부러져서 왔다고 해서 복수의 의미로 방사선 노출을 두 번, 세 번씩 해서는 안 된다는 것이다. 재촬영을 예방하기 위해 촬영 전 액세서리를 제거하는 것 등도 해당된다.

방사선사는 학사 과정에서 ALARA를 배우고, 매년 방사선사 면허 취득을 위한 국가고시에서도 단골 문제로 출제된다. 의료 현장에서도 이 원칙을 준수하여 환자에게 최적의 선량(물질이나 생물체가 받은 방사선의 양)을 제공해야 할 의무가 있음은 당연하다. 이에 따라 방사선사는 촬영 시 환자의 피폭을 가능한 범위에서 최소화해야 한다. 모든 의사가 제네바 선언에 따라 진료하면 좋을 텐데 그러지는 않는다. 방사선사도 마찬가지다.

딸아이가 네 살 때, 기침이 심해 어느 병원 일반 촬영실을 방문한 적이 있었다. 젊은 여성 방사선사가 다정하게 인사를 건넸고, 아이는 촬영실에 엄마 손을 잡고 들어갔다.

돌아오는 차 안에서 아내가 "흉부촬영을 하는데 아이 옷에 단추가 있어서 한 번 더 촬영했어"라고 말하며 안타까워했다. '당연히 확인하겠지'라는 믿음으로 아이 손을 잡고 들어가지 않은 나 자신이 그저 원망스러웠다. 의료 현장에서 잘 웃는 것보다 중요한 것은 실수 없이 잘하는 것이다. 미소는 옵션이다. 주객이 전도되어서는 안 된다.

환자는 의료진을 믿고 병원을 찾는다. 그 믿음에 상처가 생기지 않도록, 놓치기 쉬운 부분까지 꼼꼼히 확인하는 의료진이 늘어나길 바라본다.

납 방어복

　치과 촬영의 경우 방사선량이 다른 검사에 비해 매우 적다고는 하지만 분명히 방사선이란 이름을 사용하고 있고, 이는 관리가 필요함을 의미한다. 그렇기 때문에 치과에서도 환자의 선량을 최소화하기 위한 노력을 해야 한다. 가장 쉽고 누구나 할 수 있는 방법은 촬영 시 납 방어복을 착용하는 것이다. 납 방어복은 산란선이라는 2차 방사선으로부터 촬영 외 인체 부위를 보호한다. 치과 촬영은 조사선량이 적어 산란선량도 매우 낮다. 이를 잘 아는 의사나 방사선사들은 귀찮다는 이유로 납 방어복 착용 없이 촬영을 하겠다고 주장하기도 한다.

　하지만 나는 장애인 주차구역 위반 차량을 발견하면 가던 길을 멈추고서라도 촬영을 한 후 즉시 신고하는 원리원칙주의자다. 이 부분에 대한 나의 신념은 확고하다. 측정할 수 없을 정도의 미세한 선량이라도 있다면 ALARA 원칙에 따라 선량을 최소화하기 위해 노력해야 한다. 이것이 내가 학창 시절에 배워 지금까지 알고 있는 지식이다. 그렇기 때문에 납 방어복 착용을 거부하는 직원들에게도 적당한 핑계를 대면서 반드시 착용하게 한다. 이 순간은 업무 중 내가 찐 웃음을 보이는 몇 안 되는 상황이기도 하다.

2009년 3월, 내가 입사하기 전 치과에는 납 방어복을 갖춰 놓기는 했지만 활용이 잘 안 되었다. 당시에는 납 방어복을 착용하게 하는 치과를 찾기도 어려웠다. 여러 직종이 함께 근무하는 부서에서 방사선사가 솔선수범하여 모든 환자에게 방호복을 착용하게 하다 보니 자연스럽게 모든 직종에서 착용을 권하는 문화가 자리 잡았다.

병원은 하고 싶은 말을 표현하는 게 유독 어려운 공간이다. 이러한 특성임에도 납 방어복 착용을 먼저 요구하는 환자들도 더러 있었다. 방호복이 내 몸을 보호해준다는 것을 '느낌적인 느낌' 또는 '본능'으로 알았을 것이고, 건강에 관련된 문제이니만큼 목소리를 낼 용기를 얻은 것 같다. 이렇게 나의 의지에 환자들의 노력이 더해져 방호복 착용이 당연하게 되기까지는 오랜 시간이 걸리지 않았다.

납 방어복 착용은 방사선 차폐 외에도 여러 가지 장점이 있다. 그중 환자의 심리적 안정에 도움이 되는 것이 가장 큰 이점이다. 불안한 치과 치료에 방사선 촬영까지 더해지게 되면 두려움의 시너지 효과를 일으키기에 결코 부족함이 없는 조건인데, 촬영 전 극도로 불안했던 환자의 마음이 납 방어복 착용과 동시에 살짝 가라앉는 것이 눈빛을 통해 전해진다. 환자가 체감하는 병원의 이미지가 좋아지는 긍정 효과도 있다.

현대인들에게 마음의 안정과 위로는 늘 반갑다. 누군가에게 작은 위안이 되는, 소소하지만 의미 있는 기쁨은 납 방어복 착용 및 관리에 따른 번거로움을 상쇄하기에 충분하다. 최근에는 기술력이 상당히 좋아져서 납 방어복의 차폐력은 유지하되 무게는 많이 줄어들었다. 환자가 무거워서 불편해한다는 이유로 방호복을 착용하게 하지 않는 건 핑계가 분명하다. '비싸서 구매를 안 했다거나 몰라서 구매를 못했다' 정도가 솔직한 답변일 것이다.

세상에 치과는 많다. 기본 중의 기본인 납 방어복도 챙기지 않는 치과에서 다른 것을 기대할 수 있을까? 그런 치과는 피하는 게 상책일 수 있다. 방호복이 아무리 비싸다고 해도 크라운(인공치관) 하나 값이다. 내 기준에서는 크라운이 훨씬 더 비싸다.

이거
방사능
많이 나오나요?

방사선은 인체에 해로울 수 있다. 하지만 치과 촬영으로 노출되는 방사선량은 유럽 왕복 여행 시 비행기 내부에서 노출되는 방사선량보다 낮은 극히 소량으로 걱정할 만한 수준이 아니다. 부모는 등하굣길 교통사고의 가능성이 있어도 아이를 학교에 보내고, 아동 유괴의 위험성이 있지만 학원에 보낸다. 일상에서 교통사고처럼 '어쩌다 우연히 발생할 가능성'은 무시하며 생활하고 있기 때문이다. 방사선 촬영도 마찬가지다. 크게 염려할 필요는 없다.

"이거 방사능 많이 나오나요?" 방사선사로 근무하면서 촬영할 때 환자들에게 종종 듣는 질문이다. '이거'는 엑스레이 검사를, '방사능'은 방사선을 가리킨다.

방사선과 방사능은 엄연히 다르지만 이를 구별해서 이해하는 사람은 많지 않다. 방사능은 일반적인 엑스레이 검사(흉부촬영이나 CT촬영 등)에서는 나오지 않는다. 방사성 물질에서 나오며 반감기에 따라 순식간에 사라지거나 환자의 인생보다 긴 시간 동안 방사능을 노출하기도 한다. 병원 검사 기준으로 방사능 물질은 주로 핵의학과에서 시행되는 핵의학 검사나 치료에 사용된다.

치과에서 검사하는 엑스레이는 방사능이 아니라 방사선이 나온다. 또한 방사선은 방사능과 다르게 촬영 중에만 발생하고 촬영 후에는 즉시 사라진다. 질문에 위와 같은 사실로 답을 할 수도 있지만 나는 환자의 질문에 숨겨진 '이 검사 인체에 해롭지 않나요?'라는 의미에 대해 답변하기로 결정하고, 정보의 전달보다는 짧은 시간 안에 환자의 불안한 마음을 해소하기 위해 집중한다.

"환자분, 방사선 촬영은 인체에 해로울 수 있습니다. 그렇지만 지금 하시는 검사의 경우, 위험성을 굳이 따진다면 제가 오늘 퇴근길에 교통사고가 날 확률보다 훨씬 낮습니다. 저는 사고의 위험성이 있지만 매일 눈이 빠지도록 퇴근만 기다리고 있습니다. 우리는 교통사고처럼 '어쩌다 우연히 발생할 가능성'은 무시하며 생활하기 때문입니다. 이 검사도 마찬가지입니다. 걱정하지 않으셔도 됩니다."

그럼에도 극심한 거부감을 나타내는 환자들이 있다. 그럴 때면 방사선 노출 때문이 아니라 검사에 대한 지나친 우려로 환자가 받는 스트레스가 인체에 더 해롭지 않을까 하는 생각을 하게 된다.

방사선 촬영은 검사로 얻는 이득이 실보다 큰 경우에만 진행된다. 환자들이 이 사실을 기억하고 불필요한 근심으로 소중한 오늘의 행복이 방해받지 않기를 바란다.

왜곡된 지식은
무지보다
못하다

라면 취식이 자유롭지 못했던 군 복무 시절, 공식적으로 라면 취식이 가능했던 야간 경계 근무가 때때로 기다려지기도 했다. 흔한 도시의 소음이 그리운 칠흑 같은 어둠 속에서 컵라면을 먹는 상상은 지루한 근무시간을 버텨내는 101가지 방법 중 하나였다.

유난히 추운 겨울, 영하 10도가 넘는 강추위에서 따뜻한 컵라면을 상상하며 무거운 총을 어깨에 둘러멘 채 지친 몸을 이끌고 부대에 복귀했다. 생활복으로 갈아입고 휴게실에서 기다리는데 컵라면을 들고 오는 후임병의 눈동자가 심하게 흔들리는 게 보인다. 뜨거운 컵라면을 들고 있는 손도 전혀 조심스럽지 않다. 입영 소집 영장을 받고 사랑하는 누군가에게 처음 그 사실을 이야기할 때처럼 떨리는 목소리로 컵라면에 차가운 물을 부었다고 말한다. 돌이킬 수 없는 실수에 어쩔 수 없이 남아 있는 한 개의 컵라면을 함께 나누어 먹으며 아쉬움으로 배를 채운다. 물론 그날 후임은 욕으로 배를 채웠다.

컵라면을 먹으려면 용기에 스프를 넣고 뜨거운 물을 부은 후 3분을 기다려야 한다. 매우 간단하고 단순해 보이는 이 세 가지 과정은 모두 중요하다. 스프를 반만 넣거나, 차가운 물을 붓거나, 10분을 기다리면 기대와 다른 끔찍한 결과가 나타난다. 이러한 참사를 예방하고 맛있는 컵라면을 먹으려면 반드시 레시피에 충실해야 한다.

치과 방사선 촬영도 마찬가지다. 파노라마 촬영의 경우 서 있는 위치와 자세, 얼굴의 각도 그리고 앞니로 무는 위치가 중요하다. 이 세 가지 중 한 가지라도 부족함이 있다면 영상이 심하게 왜곡되어 진단에 어려움이 발생한다.

촬영을 준비할 때, 많은 과정 중에서 바이트블록을 물었던 한 가지 기억에만 집중해 엉성한 자세에서 눈에 보이는 블록을 물려고 돌진하는 환자들을 만날 때가 많다. 이 경우 술자와 환자 모두 어색한 상황이 발생하고, 불필요한 과정들을 다시 반복해야 한다. 납 방어복을 입고 자세를 바르게 한 후 정확한 위치를 무는 짧은 과정과 그 순서에도 모두 합당한 이유가 있다. 촬영실 안에서 환자가 술자의 지시에 따를 때 가장 편한 방식으로 진단에 최적화된 영상을 얻을 수 있다.

탁구나 배드민턴처럼 라켓으로 공을 치는 단순해 보이는 운동에서도 일반인은 프로를 이길 수 없다. 손쉬워 보이는 그 몸동작에는 수많은 시간의 노력에 노하우가 더해져 있기 때문이다.

이처럼 어느 분야에서든 경험 많은 전문가는 다르다. 컵라면은 정확한 표시 선까지 뜨거운 물을 부은 후 3분이 지났을 때 가장 맛있는 것처럼, 촬영실에서도 술자인 전문가의 지시에 따를 때 가장 좋은 영상을 얻을 수 있다. 이때 바쁜 일상에서 단축되는 시간은 덤이다.

뭉크의
절규

존재감을 드러내기 위한 한 인간의 절규가 시작되었다. 목소리가 크면 클수록 빠르게 해결될 수 있으리라는 믿음 속에서 짐승같이 포효한다. 주변 사람들의 눈길이 따갑지만 견디려고 노력한다. 그에게 쏠리는 시선이 많을수록 원하는 방향으로 해결될 가능성이 높다고 착각하고 있다. 본인은 매우 바쁜 사람이라면서 정말 바쁜 사람들을 붙잡고 같은 이야기를 반복한다.

이따금씩 등장하는 이 종족은 주변의 시선을 신경 쓰지 않으며 목소리가 매우 큰 특성을 보인다. 설득력이 떨어지는 언어를 구사하지만 지구력은 뛰어나다. 성별이 수컷일 경우에는 여성에게 더 강한 특성도 있다.

복도에서 누군가가 소리를 지르기 시작한다. 월드컵 지역 예선에서 대한민국이 일본에 3:0으로 패한 것 같은 엄청난 분노가 느껴진다. 목이 아플 정도로 크게 소리치던 남성은 수납에서 해결할 수 없는 문제임을 직감한 후 접수 데스크로 방향을 바꾼다. 접수 담당 여직원 앞에 선 그는 목소리부터 높인다. 이쯤 되니 그의 목이 상하지 않을까 걱정이 된다.

등장한 종족 특성상 남성 직원의 도움이 필요할 것으로 판단하여 소리의 근원지인 대기실로 급하게 이동했다. 도착해서 보니 민원인은 이미 효과를 극대화하기 위한 옵션인 삿대질까지 남발하고 있다. 여직원의 얼굴을 향한 위협적인 손가락이 10센티미터 이내 근접한 거리까지 접근한 상황으로 미루어볼 때 정상적인 대화는 어려울 것 같다.

그런데 그가 나를 반긴다. 이 사람이 CT를 촬영했다며 본인의 주장에 설득력이 더해질 것이라는 착각 속에 희망을 발견한 눈빛이다. 자세히 들어보니 분노의 원인은 조금 전 촬영한 치과 CT 촬영에 있었다. 촬영과 관련한 민원이 아니었고 비용과 관련한 불만이었다.

사건 발생 전, 환자는 임플란트 수술이 가능한 상태인지 확인하기 위해 파노라마 촬영을 했고, 주치의의 권고로 CT 촬영을 추가로 진행했다. 본인 동의 아래 두 가지 검사를 진행한 것이다. 하지만 민원인은 한 장비로 촬영을 했는데 검사비를 두 번 받는다며 화를 내고 있다. 편의점에 가면 원 플러스 원 상품을 먼저 찾게 되는 나조차 이 황당한 주장에는 공감할 수 없다. 각각의 검사에 대한 사전 설명도 있었으니 재촬영이라고 오해할 수도 없는 상황이다. 환자가 지금 억지를 부리고 있음이 분명하다. 상황 파악은 끝났으니, 그를 조용한 곳으로 데리고 간다.

민원 싸움의 결과는 '명칠기삼'에 달려 있다. 명분이 칠 할이고 기운이 삼 할이다. 민원인의 주장에는 명분이 없는 상황이라 기삼 부분만 확실히 하면 쉽게 처리할 수 있다. 상대를 단번에 제압하기 위해 준비된 명분에 기운을 더한 후, 가뜩이나 큰 눈을 더 크게 부릅뜨고 목소리에 힘을 싣는다.

"환자분, 일반 촬영실에서 손과 발을 두 번 촬영하셔도 한 기계에서 촬영했다고 하시며 비용을 한 건만 내시나요?"

나의 일침으로 그의 눈동자에 지진이 일어난다. 목소리가 떨리기 시작하고, 소리도 작아진다. 기회를 놓치지 않고 "소리 지르시면 다른 환자분들께 피해가 되니 소리 지르지 마세요"라고 말하니, 민원인은 "소리를 지른 게 아니라 원래 목소리가 커요"라고 답하며 꼬리를 내린다. 이제 마무리만 잘하면 된다.

결승선이 코앞인데 갑자기 민원인이 말을 바꾼다. "한 장비에서 급여와 비급여를 구분해서 처방하는 게 말이 되나요?"라는 새로운 주장을 펼친다. 급여 촬영과 비급여 촬영은 장비에 따라 구분되는 게 아니라 촬영 목적에 따라 구분된다. 당연히 한 장비에서 급여와 비급여 촬영을 모두 할 수 있다.

환자의 이야기는 충분히 들었다. 설명도 충분히 했다. 잘못한 게 없는 상황에서 직원 두 명이 민원인을 대응하고 있기에는 기다리는 업무와 환자가 너무 많다. 때마침 도착한 안전요원에게 민원인을 고객상담실로 안내해줄 것을 요청하고 업무에 복귀한다. 다행히 환자는 더 이상 고집부리지 않고 1층으로 내려간다. 잠시 후 사내 메신저로 환자분이 수납을 하고 가셨다고, 도와줘서 고맙다는 인사를 받았다. 환자는 본인의 주장이 소용없음을 직감하고 고객상담실로 가지 않고 수납으로 다시 간 것이다. 뿌듯함도 잠시, '만 65세, 의료보호 1종'이라는 환자 정보를 확인하니 마음이 먹먹해진다.

만 65세 이상인 경우 임플란트 두 개까지 급여를 적용할 수 있다. 본인이 지불하는 금액이 비급여보다 상황에 따라 다섯 배 이상 절감된다는 의미다. 의료보호 환자의 경우 절감액은 더 크다. 하지만 아쉽게도 이때 촬영하는 CT 검사나 뼈 이식 등의 비용은 급여 적용이 안 된다.

환자 입장에서 생각해보면 저렴하게 임플란트를 하기 위해 만 65세가 될 때까지 오랜 기간 불편을 감수하고 기다렸을 수도 있다. 매번 만 원 이하로만 결제를 하다가 임플란트 하나 비용과 맞먹는 CT 비용을 확인하니 당황스러웠을 것이 분명하다. 예상치 못한 상황에 정말로 목소리가 커졌을 수도 있다. 만약 촬영 전 환자에게 '비급여'라는 단어 대신 '14만 원 정도'라는 대략적인 비용으로 설명했더라면 발생하지 않았을 문제였다.

법을 위반한 것은 아니지만 환자에 대한 배려가 부족했다고 생각하니 전할 수 없는 미안함이 커진다. 모두가 함께 행복한 사회를 만들려면 돈이 가진 절대적 가치와 함께 상대적 가치를 이해하는 것도 중요함을 깨닫게 된다.

뭉크는 〈절규〉를 그릴 때 너무나 슬프고 불안해져서 그 자리에 멈추어 서서 난간에 기댈 수밖에 없었다고 한다. 절규하는 인물이 환자에서 나로 급격히 변화되었던 가슴 아픈 사건이다.

환자가 만약 'CT 촬영이 비급여 얼마라고 정확히 이야기했으면 나는 촬영하지 않았을 것이다'라는 명분에 당당한 기세까지 더해 민원을 제기했으면 어땠을까?

속상한 마음을 위로받기 위해 뭉크의 〈절규〉를 검색하고 휴대폰 화면에 그림을 띄운다.

느림과
빠름이
공존하는 세상

'느림과 빠름이 공존하는 공간'이 있다. 이곳에서는 환자 본인이 가진 또는 가진 것으로 의심되는 무엇이 삶에 영향을 주는 정도에 따라 시간을 느끼는 감각의 크기도 함께 변화한다. 검사를 받고 대기실에 앉아 결과를 기다릴 때는 예상되는 질환의 중증도가 높아질수록 시간은 더디게 흘러가고, 심장은 자신이 낼수 있는 최고 속도를 자랑하듯 움직임을 빨리한다.

"○○○ 님" 하고 이름이 호명되면, 빠른 속도로 움직이던 심장은 기존에 가지고 있던 최고 기록을 돌파하려는 듯 전력을 다하기 시작한다. 최악의 상황까지 상상하고 마음의 준비를 마쳤다고 생각했는데 아니었다. "네" 하고 대답한 후 그와 눈이 마주치니, 쿵쾅거리던 심장은 급기야 몸 밖으로 튀어나갈 듯이 사력을 다해 움직인다. 눈이 마주친 하얀 가운을 입은 남성은 축 처진 어깨로 천천히 걸어오더니 바로 앞에서 멈춰 선다. 무엇이 그리 망설여지는 건지 쉽게 입을 열지 못하고 눈치만 계속 살핀다.

그의 입술이 벌어지기까지 1분도 채 안 되는 시간 동안, 모든 몸의 감각이 동원되고 시간이 길게 늘어지기 시작한다. 남은 가족에 대한 걱정을 시작으로 일과 삶에 연관된 수많은 걱정으로 머릿속이 가득 채워진다. 망설이던 그가 결심한 듯 입을 연다. 제발 최악의 상황만은 아니길 간절히 소망하며 그를 향해 몸을 살짝 기울이고 귀에 온 신경을 집중한다.

"○○○님, 죄송합니다." 그의 말을 듣는 순간 가슴이 철렁 내려앉는다. 눈물이 왈칵 쏟아지려는 찰나에 그가 말을 잇는다. "엑스레이 영상이 잘 안 나와서 재촬영하셔야 합니다." 분명 간절히 소망했던 최악의 상황이 아닌데 웃음은 나오지 않고 짜증만 난다. 얼떨떨한 정신으로 그와 함께 이동하여 검사를 진행하고 다시 앉아 대기한다.

엑스레이를 필름으로 현상하던 시절에는 방사선 노출량이 환자 체형에 맞지 않게 설정되면 영상이 어둡거나 흐려서 판독이 어려운 경우가 있었다. 이러한 문제는 후보정 처리가 가능해진 디지털로 전환되면서 일부 해소되었고, 덕분에 재촬영률은 눈에 띄게 감소되었다. 촬영 즉시 영상을 확인할 수 있음에 따라 진료 흐름 개선에도 큰 도움이 되고 있다.

군 병원에서 사랑니를 발치하기 전, 필름으로 치과 엑스레이를 촬영해본 경험이 있다. 촬영 의자에 등을 기대고 앉아 기다리니 중간 키에 몸이 마르고 피부가 까무잡잡한 방사선병이 작은 필름을 들고 다가왔다. 이름을 확인한 후 입안에 필름을 끼워넣기 위한 그의 거친 손동작과 나의 예민한 신경이 콜라보를 이루면서 구토 반사가 시작되었다.

어금니 안쪽에 깊이 매복된 사랑니의 위치를 확인하기 위해 필름을 깊숙이 넣으면 '우웩' 하는 반응이 자동으로 나타나고 영상 대신 눈물샘의 정상 작동 유무만 확인했다. 과음한 다음 날처럼 구역 반응을 일으키고 눈물을 흘리면서 수차례 실패를 반복한 끝에 겨우 촬영에 성공할 수 있었다.

고통의 끝을 알리는 '삑' 하는 소리에 안도감을 느낄 새도 없이 잠시 후 돌아온 방사선병의 손에는 새 필름이 들려 있었고, 나의 눈빛에는 원망이 서려 있었다. 냉랭한 그의 태도에서는 미안함이 느껴지지 않았고, 예민한 환자를 만나 한가한 오후가 힘겨운 오후로 바뀐 억울함만이 전해졌다. 촬영을 한 후 현상을 하고, 다시 촬영을 하고 또 현상을 하기를 반복하면서, 서로가 서로를 원망하는 상황이 세 차례 반복되었다. 마지막 네 번째 '삑' 하는 소리를 듣고서야 진단 영상을 얻었고, 비로소 고통의 시간이 끝났다.

사실 치과 방사선의 디지털화는 재촬영률을 낮추는 것보다는 진료 흐름 개선에 더 큰 도움이 되었다. 필름보다 크기가 커다란 디지털 센서는 이물감이 심해 촬영 난도가 오히려 높아졌기 때문이다. 다만 특성상 재촬영률이 높아 현상하는 시간 없이 촬영 직후 영상을 확인하고, 필요할 때 재촬영을 바로 진행하면서 전체 촬영 시간이 단축되었다. 환자들이 느끼는 체감 시간의 단축은 덤이다.

얼굴이 곧 시간을 의미하는 환자들도 있다. 구강악안면외과에서 전신마취 수술을 하고, 1년에 한 번씩 정기 점검을 하려고 내원하는 환자들은 수술 전후에 잦은 촬영으로 얼굴이 익숙해지는 경우가 많다. 정이 쌓여갈 즈음 내원 기간은 1년으로 늘어난다. 대기자 목록에 반가운 이름이 보이면 반사적으로 얼굴을 먼저 확인하게 된다.

'F/47', 약간 사각진 턱에 옷차림이 세련된 만 47세의 중년 여성이다. 30대 초중반에 만났던 그녀가 어느덧 40대 중후반이 되기까지 세 번의 전신마취 수술이 있었다. 시간이 참 빠르다고 느껴지는 게 마지막 촬영일에서 3개월 정도 흐른 것 같지만 촬영 기록을 보니 1년이 지나 있다. 이름을 호명한 후, "벌써 1년이 되었나요?"라고 인사를 하니 "네, 벌써 1년이네요"라고 답하며 인사를 받는다.

예상치 않게 "아니요, 3개월이에요"라는 답을 들을 때는 환자의 얼굴에 그늘이 보이고 내 마음도 덩달아 무거워진다. 증상이 악화되어 체크 주기가 짧아졌기 때문이다. 다시 수술을 하면 얼굴을 자주 보다가 서서히 보는 기간이 길어지면서 1년에 한 번만 보게 된다. 촬영을 마치고 결과 확인을 위해 진료실로 향하는 그녀에게 '꼭'이라는 단어에 힘을 주어 강조하며 "1년 후에 뵐게요"라고 인사하니 간절한 표정으로 "제발요" 하며 답한다. 한참 후 진료를 마친 그녀가 바로 귀가하지 않고 촬영실로 찾아와 소식을 전하고 간다. "1년 후에 뵐게요" 하고 말하는 그녀의 밝은 얼굴을 보니 내 기분도 좋아진다. "1년 후에 봬요"라고 즐겁게 답하며 헤어진다.

'F/18', 하얀 피부에 외모가 단정한 만 18세 환자다. 모녀가 항상 다정하게 손을 잡고 내원해서 그 모습이 기억에 남는다. 검사 기간이 길어져서 1년에 한 번씩 얼굴을 보게 되었을 때도 딸은 어머니 손을 놓지 않았다. 그런 그녀가 처음으로 보호자 없이 홀로 내원했다. 촬영창을 보니 'F' 뒤의 숫자가 어느덧 '23'이 되어 있다.

"대학 졸업해서 혼자 왔어요?"라고 장난스레 인사하니, "네" 하고 웃는다. 혹시나 하는 마음으로 "어머님은 잘 계시죠?"라고 안부를 물으니 "그럼요"라고 씩씩하게 답하며 미소를 보인다. 그렇게 일곱 번의 인사를 더 나누고 나니 어느덧 'F' 뒤의 숫자가 '30'이 되었다.

"10대 때 봤는데 벌써 서른이네요" 하고 인사하니 "이미 작년에 서른이 됐어요"라고 말하며 속상함 반, 장난 반의 표정을 짓는다. "병원은 만 나이를 사용해요. 로마에 가면 로마법을 따라야 해요" 하고 말하니 싱긋 웃는다.

얼마 후, 진료실로 이동했던 그녀가 함박웃음을 지으며 다가와 흥분된 목소리로 "저 이제 안 와도 된대요"라며 소식을 전한다. "오늘이 졸업 사진 촬영이었어요?"라고 물으니 "네, 교수님이 이제 안 와도 된대요"라며 신나서 이야기한다.

1년에 한 번씩 그녀의 심장이 평소보다 움직임을 빨리하던 날이 드디어 끝이 났다. 꼬박꼬박 1년이 지났음을 알려주던 환자와의 마지막 날, 그간의 쌓인 정으로 수납처까지 배웅해주며 인사를 나눈다. 다시는 보지 말자는 말을 웃으며 전하니 섭섭함 반, 기쁨 반의 미소를 짓는다. 10년 넘게 지니던 아픔에 대한 걱정에 이별을 고하는 그녀를 보며 나의 아픔에도 끝이 있다면 얼마나 좋을지 잠시 상상해본다.

2주에 한 번씩 자가면역질환 치료를 위해 주사를 맞으며 생활하는 내 몸은 정확히 시간의 흐름에 맞춰 반응한다. 주사를 맞기 4일 전부터는 소염진통제를 복용해야 하루를 버틸 수 있다. 혹시나 하는 기대로 약을 안 먹고 버티면 육체 통증에 더해 우울감까지 추가된다. 무모한 도전임을 깨닫고 후회를 하며 약통을 여는 것을 2주마다 반복한다.

주삿바늘이 살을 뚫고 들어오면 3일 정도는 약을 먹지 않아도 되지만 피로감이 심하고, 이후 일주일 정도는 컨디션이 괜찮다. 최근 몇 년간 사실상 한 달에 절반만이 상태가 정상인 삶을 살고 있다.

다행히 인간은 적응하는 동물이라고 했다. 컨디션이 최악으로 떨어지는 12일 차를 토요일이 되게끔 주사 일정을 맞춰놓았다. 주말에 휴식을 취하면 가장 힘든 고비를 그럭저럭 버틸 수 있다. 즉시 처리해야 하는 촬영 외 기타 업무는 컨디션이 좋은 일주일에 처리할 수 있게 계획하여 업무 과다로 몸에 무리를 주지 않으려고 노력한다. 불가피한 사유로 업무 허용치를 심하게 초과하여 정신적 고통이 육체적 아픔을 이기는 경우에는 수액 치료의 도움을 받기도 한다.

분명 같은 시간인데 한 달 중 아픈 2주는 시간이 더디게 흐르고, 건강한 2주는 아쉬울 만큼 빠르게 흐른다. 몸이 안 좋을수록 하루는 더 길게 늘어진다. 주말마다 방문하는 키즈 카페에서 딸아이는 아빠의 컨디션이 좋은 날을 기가 막히게 알아차린다. 기브 앤 테이크(give and take)가 확실한 아이답게 엄청 다정해지면서 애교가 잔뜩 추가된다.

반면 컨디션이 떨어져 유격 훈련에 참여하는 마음으로 키즈 카페에 입장하는 날은, 그물망에서 열심히 낮은 포복으로 이동하고 장애물을 뛰어넘지만 아이는 만족해하지 못하고 시큰둥해한다. 힘이 덜 드는 주방 놀이와 블록으로 시간을 때우려는 의도도 기가 막히게 알아차리고 끊임없이 육체적 교감을 요구한다. 진통제를 복용하고 수액 대신 커피를 마시며 모든 에너지를 끌어모아 놀면서도 원하는 만큼 놀지 못해 속상해하는 아이를 보면 슬픔이 기쁨을 이기면서 시간은 아주 길게 늘어진다.

영혼까지 하얗게 불태우고 난 후 귀가해서 아내에게 인수인계를 하고 지친 몸을 이끌고 방으로 들어간다. 침대 위에 쓰러지듯 몸을 뉘자마자 얄미운 시간은 보란 듯이 전력을 다해 움직이기 시작하고, 잠시 눈을 감았다가 뜨면 한 시간이 훌쩍 지나가 있다. 이처럼 시간은 상황에 따라 길게 늘어지기도 하고 짧게 느껴지기도 하며, 곁에 있는 사람에 따라 체감하는 폭도 달라진다.

요즈음 내게는 건강하고 아픈 시간이 각각 일주일씩 공평하게 주어진다. 아픈 시간을 원망하는 비중이 높은 삶에서 건강한 순간을 감사하는 비중을 높여갈수록 행복의 평균값이 높아진다. 어떻게 보면 반쪽짜리 삶이 허락된 것처럼 보이는 힘겨운 시간이지만 행복의 클라이맥스를 향해 서서히 오르는 전조로 해석하면 의미 있는 시간이 된다. 기쁨과 슬픔은 결국 삶의 어느 지점에서 포개질 수밖에 없고, 인생이라는 드라마는 결코 짧지 않다. 이를 이해하고 힘든 순간마저도 행복하기 위한 과정으로 받아들이면 언제나 웃을 수 있다.

시간이 길게 늘어지는 병원 대기실 대신 일상에서 보내는 삶이 행복하지 않을 이유를 찾기도 어렵고, 우리 주변에는 1년이라는 시간만 마음 편하게 주어져도 기쁘게 웃을 수 있는 사람들도 있다. 더불어 시곗바늘이 회전하는 시간은 조정할 수 없지만 시간을 느끼는 감각은 마음먹기에 따라 얼마든지 조절할 수 있다.

느림과 빠름이 공존하는 세상에서 체감하는 시간을 최대한 길게 늘리고 기쁨을 만끽하기 위해 주변 사람들과 소소한 즐거움을 나누며 자존감을 높이는 삶을 사는 사람들이 많아지길 소망한다.

2부

가운과 크록스

겸손은
힘들어

'천당 아래 분당'이라는 부동산 은어가 있다. 서울이든 분당이든 부동산 투자를 시작하려면 투자금 확보가 우선이고, 좋은 직장에 취업하는 것은 투자 성공의 가능성을 높여주는 지름길이다. 졸업을 앞둔 시점에 대한민국 최고의 인재들이 입사를 희망하는 분당에 있는 대학병원에서 채용을 진행했다. 이곳은 지리적 특성을 강조한 '서울'과 '분당'을 이름에 모두 넣어 사용하고 있지만 역과는 거리가 좀 떨어져 있다.

푸근한 인상의 중년 남성 두 명이 하얀 가운을 입고 좁은 사무실 안 의자에 앉아 있다. 맞은편에는 쿠션이 없는 의자가 두 개 놓여 있고, 정장을 입은 낯선 청년과 나는 차례로 빈자리를 채운다. 자기소개를 해보라고 한다. 예상했던 질문이다. 옆자리 청년이 먼저 자신의 강점과 업무에 대한 강한 의지를 드러내며 '선공'을 시작한다. 여기까지 왔다는 사실로 미루어 그도 호락호락한 상대가 아님은 쉽게 예상할 수 있다. 움켜쥔 손에는 서서히 땀이 차오르기 시작하고, 어색한 상황을 견디지 못하는 심장은 평소보다 움직임을 더 빨리한다. 불편한 의자보다 마음이 더 불편한 상황이지만 당황하지 않고 대응을 준비한다.

사건 발생 며칠 전, 서류 합격 소식을 전해 들은 지인들이 축하와 동시에 여러 조언을 해주었다. 그중 영어 실력이 우수한 지원자를 좋아한다는 이야기가 마음에 와 닿았고, 자기소개를 영어로 잘해서 합격했다는 누군가의 사례는 이제 곧 내 이야기가 될 것만 같았다. 차례가 되었을 때 떨리지만 당당한 목소리로 '후공'을 시작한다.

"렛미 인트로듀스 마이셀프. 마이 네임 이즈~~."

학점 4.2, 토익 950, 칸이 부족한 자격증, 어학연수와 화려한 수상 경력을 다수 포함하고 있는 이력서와 자기소개서는 조금의 부족함도 없다. 하지만 빼어난 검도 뛰어난 무사를 만났을 때에만 의미가 있다. 최고의 스펙으로 자신감이 흘러넘쳐 겸손함을 채울 여유가 없었던 나는 결국 중요한 순간에 상대의 심장이 아닌 허공에 대고 칼을 휘둘렀다.

입에서는 영어가 나왔고, 칼은 어느덧 삽이 되어 허공을 맴돌기 시작한다. 군 복무 중 지겹도록 한 삽질이 몸에 배었는지 무의식중에 다시 열심히 삽질을 반복하고 있는 나를 발견한다. 모든 게 엉성했던 이등병 시절, 시키지 않은 일은 절대 하지 말라고 선임병에게 귀에 못이 박히게 들었다. 전역과 동시에 잊지 말아야 할 그의 가르침을 잊어버린 듯 시키지 않은 영어를 구사했다.

면접관들의 얼굴이 서서히 굳어지더니 급기야 눈빛까지 달라진다. 친숙한 눈빛이다. 군 복무 시절, 나에게 '고문관'이라는 원하지 않는 보직을 하사했던 선임병의 눈빛이다. 하지만 나도 허술했던 그때의 이등병이 아니다. 벽돌 한 개에 세 개가 더해져 대한민국 육군 예비역 병장이 되었다. 불안을 확신으로 바꾸기 위하여 자신감을 더해 혀의 움직임을 더욱 크게 하며 떠든다. 시간이 흐를수록 기대와는 다르게 앞에 있는 남성들의 시선은 점점 더 아래를 향해 내려간다.

무모한 도전이었음을 직감하고 다음 질문부터는 성실히 한국어로 대답하지만 상황을 되돌리기에는 이미 너무 멀리 와버렸다. "머리가 나쁘면 몸이 고생한다"라고 했던 선임병의 말이 떠올랐다. 인생 최대의 삽질로 인해 비싼 땅에 있는 직장에 취업하고자 했던 꿈은 물거품이 되어 사라졌고, 그날 저녁에는 다시 컴퓨터 앞에 앉아 새로운 모집 공고를 검색해야 했다.

자기소개를 영어로 잘해서 취업에 성공했다던 인물은 면접자의 요청에 따라 영어를 했을 것이다. 이력서에 적힌 숫자와 글자로 나의 영어 실력은 그들이 원하는 기준에 충족됨이 검증되었다. 겸손하게 기다렸으면 원하는 결과를 얻었을 수도 있었는데

'나는 잘났어요. 혼자서도 잘해요'라며 조직 생활의 부적격자임을 스스로 검증했다.

인생 최악의 베팅 중 하나인 영어 면접으로 인해 원하던 직장에 입사할 수 없었다. 남의 일은 쉽게 이야기하는 인간의 본성을 조금 더 일찍 깨달았어야 했다. '누구누구는 주식으로 얼마 벌었대'에서 '누구누구'는 옆집 엄친아 같은 존재다. 허상인 경우가 대부분이다. 가까이 들여다보면 얼마 벌기 전에 더 많은 투자금을 잃었을 수도 있고, 누구누구가 되기 위해 다른 수많은 사람이 더 큰 손실을 보았을 수도 있다. 무엇보다 중요한 건 '영어로 자기소개를 시켰는데 잘해서 합격했대'에서 '시켜서'처럼 가장 중요한 핵심이 빠진 채 전달될 수도 있다.

이 글이 후배들에게 '영어로 자기소개 하면 떨어진대. 하면 안 된대'로 잘못 전달되어 영어 자기소개 요청에 한국어 또는 묵음으로 답변하여 소중한 입사 기회를 놓치는 일이 없길 바랄 뿐이다.

얼마 후, 분당보다 땅값이 더 비싼 반포동에 있는 대학병원에서 면접 연락이 왔다. '서울'이라는 지리적 특성에 '성모'라는 종교적 특성을 함께 이름으로 사용하는 곳이다. 넓은 회의실 안에 들어서니 면접관 세 명이 나란히 앉아 있다. 낯선 청년들과 함께 불편한 의자에 거리를 두고 앉았다. 가볍게 움켜쥔 손에 서서히 땀이 차오르기 시작한다.

곧이어 검을 휘두를 차례가 되었다. 이번에는 '선공'이다. 자신감에 가득 찬 목소리로 서서히 입을 열었다. 마침내 허공이 아닌 상대의 심장을 향해 날카로운 칼이 움직인다.

"안녕하세요. 류귀복입니다."

자신감에 겸손함을 더해 조직에 적합한 인물임을 강조하니 자기소개서에 집중하던 면접관들의 눈빛이 천천히 내게로 이동한다. 안경을 낀 여성 면접관 한 명이 호감의 눈빛을 보이며 "영어 점수가 좋네요. 회화도 가능한가요?"라는 개별 질문을 던진다. 기회가 왔다. 침을 한번 꿀꺽 삼키고 거만한 표정으로 혀의 움직임을 크게 하며 'Of course'라고 말하려던 찰나, 지난 과오를 떠올리며 급히 겸손을 장착한다.

"네, 가능합니다"라고 한국어로 짧게 답변한다.

묻는 말에만 대답하라던 선임병의 가르침을 잊지 않고 실행한 덕분에 간절히 바라던 '인 서울'에 성공할 수 있었고, 취업을 위해 날카롭게 벼린 칼을 꺼내 사용할 수 있는 기회를 주었던 여성 면접관은 나의 부서장이 되었다.

돌다리도 겸손히 두드리고 건널 때, 다리 끝에 우리가 원하는 결과가 있을 확률이 높다. 다시 한번 느끼지만 인간은 늘 겸손하고 또 겸손해야 한다. 겸손만큼 강한 무기는 없다.

예의
바른
사랑니

예의를 강조하시는 부모님께서는 나의 사랑니까지도 예의 바르게 만들어주셨다. 양쪽 아래 사랑니는 누가 더 예의가 바른지 서로 경쟁이라도 하듯이 120도 정도 되는 각도로 폴더 인사를 하며 하악의 균형을 잡아주고 있었다.

예의 바른 사랑니와 함께 군 입대를 한 덕분에 2년간 군 생활 중 가장 기억에 남는 순간은 유격 훈련, 혹한기 훈련이 아닌 군 병원에서의 사랑니 발치 경험이 되었다. 파견 복무 기간 중 치통으로 군 병원에서 진료를 받게 되었고, 인자한 미소의 치과의사로 추측되는 군 장교는 분명 나에게 행운이라고 했다. "군 병원에서 사랑니 발치를 할 수 있는 치과의사를 만난 건 정말 큰 행운이다"라고 말했고, "당일에 바로 발치를 할 수 있는 건 기적에 가까운 더 큰 행운이다"라고 덧붙였다.

지니던 아픔과의 이별 그리고 새로운 아픔과의 만남을 앞두고, 설레면서도 두려운 마음으로 치과 진료 의자에 누웠다. 30분이 지나가면서 인자했던 치과의사의 목소리가 점점 커지기 시작했다. 내 입이 작아서 발치가 잘 안 되는 건지 계속 입을 크게 벌리라고 반복했다. 행운인 줄 알고 누웠던 의자에서 겪은 고통은 두 시간이 지나서야 겨우 끝이 났다.

일주일 후 실밥 제거를 위해 방문한 날까지도 입이 벌어지지 않은 행운(?)으로 인해 군 병원에서의 반대편 사랑니 발치는 포기할 수 있게 되었다. 하지만 아픔으로 가득 했던 그날 내게도 한 가지 행운은 있었다. 35도가 넘는 뜨거운 여름날 PX에서 치열한 경쟁을 뚫고 꽁꽁 얼어 있는 설레임(팩 아이스크림)을 구매해서 아이스 팩 대용으로 사용할 수 있었던 건 정말 큰 행운이었던 것 같다.

시간이 흘러 전역을 하고, 대학을 졸업한 후 '로비에 성당이 있는 건물'에 입사하게 되었다. 치과에 근무하면서 ○○○ 교수님이 발치의 신이라는 이야기를 자주 들었다. 호기심 반, 아픔 반으로 발치를 예약했다. 한 시간 반을 예상하고 진료 의자에 누웠는데 정확히 20분 만에 수술이 끝났다. 심지어 그 20분 동안 ○○○ 교수님은 나에게 입을 크게 벌리라고 단 한 번도 말하지 않았다. 소문으로만 듣던 발치의 신이 정말 있었다.

나에게 행운이라고 입으로만 이야기했던 그 치과의사는 지금도 어디에선가 인자한 미소로 본인을 만난 건 행운이라며 때로는 환자의 입 크기를 탓하며 진료를 하고 있을 것이 분명하다. 그런 치과의사를 피할 수 있는 방법이 있다. 발치 예약이 필요할 때 '로비에 성당이 있는 건물'에서 근무하고 있는 풍채 좋은 발치의 신을 찾으면 된다.

사실 발치의 신도 처음부터 신은 아니었을 것이다. 환자에게 입을 크게 벌리라고도 하고, 사랑니 발치를 위해 한 시간이 넘도록 고생하며 환자와 본인 그리고 주변 의료진들까지도 모두가 땀범벅이 되는 경험을 여러 번 했을 것이다. 그 과정에서 시행착오를 줄이기 위해 끊임없이 노력했을 것이고, 그렇게 오랜 기간 흔하지 않은 경험들이 더해지면서 지금의 노하우를 쌓았다. 명의를 찾기 위한 노력이 아무리 힘들다고 해도 명의가 되기 위한 그들의 노력을 생각하면 어렵다고 생각하지 않는다.

쉬운 예약을 뒤로하고, 예약이 어려운 유명한 전문의만 찾는 사람들이 있다. 그 노력이 헛될 수도 있지만 상황에 따라서는 치료와 회복 과정에서 기대한 것 이상으로 충분히 보상받기도 한다. 명의를 찾아 헤매는 노력은 결국 '긁지 않은 복권'과 같다.

투자
경험담

　　학교 후문에서 10미터, 한적한 골목길 모퉁이의 단독주택 지하에는 학생들로 붐비는 라면 전문점이 하나 있다. 센 불에서 완성되는 어묵과 콩나물의 완벽한 조화는 주변 분식집에서는 흉내 낼 수 없는 독보적인 맛을 창조해낸다. 노란색의 얇은 단무지와 공깃밥이 더해지면 배도 든든히 채울 수 있다. 입구에는 항상 학생들이 줄지어 서 있고, 가게 이름은 지리적 특성을 반영한 듯 '모퉁이 라면'이다. 위치와 딱 어울리는 이름이다.

　　희미해져 가는 대학 시절 단골 해장 메뉴의 기억을 다시 생생히 떠오르게 해준 사람은 한 학번 후배 'K' 방사선사다. 그는 적당한 풍채에 입술이 두텁고 말수가 적은 편이다. 나와는 입사 동기가 되어 함께 근무하고 있다. 부서는 다르지만 오며 가며 자주 마주친다.

어느 날 갑자기 왼쪽 팔이 일직선으로 펴지지 않았다. 힘을 주어도 30도 정도의 각도를 유지한 채 계속 구부러져만 있었다. 황당한 상황에 걱정과 함께 웃음이 나왔다. 스트레칭과 온찜질을 병행하면 다시 펴질 줄 알았는데 아니었다.

일주일이라는 기간은 웃음을 두려움으로 바꾸기에 충분한 시간이 되었고, 결국 절박한 심정으로 정형외과 전문의를 찾았다. 상태를 확인한 의사는 한 달 이내 팔이 다시 펴지지 않으면 평생 이대로 살 수 있다는 무서운 경고를 한다. 그런데 이미 2주가 흘렀다. 그렇다면 내게 남은 시간은 이제 2주밖에 없다. 그 사실을 인지한 순간부터 1분이 1초처럼 빠르게 흘렀다.

엑스레이 촬영을 하려고 붐비는 복도 한편에서 초조하게 기다리던 중, 이동식 엑스레이 촬영 장비를 끌고 지나가던 'K'와 눈이 마주쳤다. 좌우로 심하게 흔들리는 내 눈동자와 구부러진 팔을 보더니 "검사하러 왔어요?"라고 묻는다. "응. 팔이 이래"라고 말하며 굽어진 팔을 보여주니 어두운 촬영실로 조용히 데리고 간다. 불 꺼진 촬영실의 불을 켠 후 직접 촬영을 해준 후배 덕분에 오래 기다리지 않고 빠르게 검사를 마쳤다. 고마운 마음에 "커피 한잔 사줄게. 같이 가자"라고 하니 "괜찮아요. 다음에 사주세요"라고 답한다.

'K'가 해야 하는 이동식 엑스레이 촬영은 거동할 수 없는 환자를 찾아가 침대와 환자 사이에 필름을 넣고 촬영하는 것으로 업무 난도가 높은 편이다. 장비가 무겁고 절차도 번거롭다. 나는 기다리지 않았지만 그만큼 그의 퇴근 시간은 늦어졌다. 그는 '바쁘니까 다음에 사주세요' 대신 '괜찮으니 다음에 사주세요'라는 말로 끝까지 나를 배려하며 업무에 복귀했다.

따뜻한 배려로 시작된 검사는 예상과 다르게 차가운 결과로 이어졌다. 그날 이후 몇 가지 검사를 추가로 더 진행한 뒤 강직성 척추염을 진단받았다. 불행 중 다행으로 염증이 조절되어 팔은 다시 펴졌다.

퇴근 5분 전, 같이 일하는 치과위생사 선생님의 부친이 일반 촬영실에서 엑스레이 촬영을 대기하고 계신다는 소식을 들었다. 퇴근길에 2층에 들러 부친에게 인사를 드리던 중, 퇴근 중인 'K'와 눈을 마주쳤다. 다가와서 무슨 일이냐고 묻더니 상황 설명을 듣고 왔던 길을 되돌아간다. 잠시 후 다시 가운을 입고 돌아온 그는 기다리고 계시던 동료의 부친을 조용히 촬영실로 모시고 간다. 덕분에 동료 선생님과 가족들의 귀가는 빨라졌지만 'K'의 소중한 퇴근은 늦어졌다. 나에게 베푸는 배려는 단순한 학연으로 이해하기에는 학창 시절에 그와 나와의 접점이 그리 많지 않았다.

한 번은 점심시간에 골밀도 검사실을 찾은 적이 있다. 접수를 하려고 닫혀 있는 문을 여니 'K'가 나를 보며 "오셨어요? 예약자 명단에 형 이름이 있어서 기다리고 있었어요" 하고 인사한다.

이쯤 되니 그가 나의 '마니토'가 아닌지 의심이 된다. 점심시간은 교대 근무로 촬영실 한 곳만 운영한다. 그가 나를 비어 있는 촬영실로 데리고 가기에 식사는 했는지 물었다. 다이어트 중이라 식사를 안 해도 된다고 한다. 밥도 안 먹고 나를 기다린 것이다.

　촬영을 마치고 카페로 내려가 아이스 아메리카노를 같이 마시며 이야기를 나눈다. "점심을 거르면 배 안 고파?"라고 물으니 "점심은 굶지만 대신 저녁을 많이 먹어요"라고 답한다. "다이어트는 점심을 먹고 저녁을 걸러야 하는 거 아니야?"라고 다시 물으니 "저녁을 굶으면 배가 고파 잠을 못 자 힘들어서 안 돼요"라고 답한다. 힘드니까 다이어트인 거라고 점심을 먹고 저녁을 굶으라고 했더니 그냥 웃어버린다. 그동안 궁금했던 질문을 드디어 하게 되었다. "도대체 나한테 왜 이렇게 잘해주는 거야?"라고 물으니 "학교 다닐 때 형이 라면집에서 계산해주고 갔었어요"라고 답한다. 오랜 궁금증이 해소되는 순간이다.

　대학 2학년, 모퉁이 라면에서 해장에 전념하고 있을 때 'K'와 그의 친구 두 명이 옆 테이블에 앉은 기억이 난다. 왜인지는 모르겠지만 당시 나는 저녁을 굶더라도 우연히 만난 후배들 점심은 꼭 사줬다. 바로 옆 테이블의 신입생들을 모른 척하지 않고 라면 값을 계산했을 것이다.

　"라면 한 그릇 때문에 이렇게 나한테 잘하는 거야?"라고 물으니 "그게 처음이자 마지막이었어요"라고 웃으며 답한다. 대학 시절, 식당이나 분식집에서 선배들을 만난 적은 많았지만 조용히 계산하고 사라진 선배는 나밖에 없었다고 한다. "그래서 형에 대한 기억이 너무 좋아요"라고 그가 고백을 한다. 아마도 그는 그날 이후 식사할 때 선배들을 만나면 '계산을 같이 해주지 않을까?' 하고 은근히 기대했을 것이다. 하지만 기대는 매번 무너졌고 어느 순간 그는 선배가 되어버린 것이다. 덕분에 그의 첫 기억은 마지막 기억으로 영원히 남게 되었다. 그리고 기대가 번번이 무너질 때마다 그에게 각인된 나의 이미지는 점점 더 좋아졌던 것이다.

'K'에게 나는 첫사랑과 같이 애틋한 선배로 기억되고 있었다. 얼굴을 보면 모퉁이 라면이 떠오르는 선배와 입사를 같이 하게 되었는데 도와줄 일이 많았던 것이다. '사람에 대한 투자는 절대 실패하지 않는다'고 하더니 만 원의 투자 결과가 썩 마음에 든다. 이제는 나도 그를 보면 어묵과 콩나물의 조화가 환상적이었던 '모퉁이 라면'이 먼저 떠오른다. 언제나 느끼지만 인연은 늘 소중하다.

지난 몇 년간 'K'에게 틈틈이 소개팅을 제안했지만 매번 거절당했다. 노총각이 되는 건 아닌가 걱정을 했는데 다행히 총각귀신은 면하게 되었다며 청첩장을 들고 온다. 그가 나에게 한 축의금 액수를 확인한 뒤, 그 금액에 고마운 마음을 더해 봉투를 더 두껍게 만든다. 'K'에 대한 투자는 이번에도 실패하지 않을 것이 분명하다.

시간이 없는 게 아니고,
의지가 없는 거다

　　같은 부서에 한 살 터울의 치과기공사 'E'가 있다. 해병대 출
신답게 인내심이 강하고 강단이 있다. 인정도 많고, 순수해서 몸
이 불편한 선배 기공사를 항상 배려한다. 그는 '정하상 바오로'라
는 천주교 세례명이 부끄럽지 않은 삶을 살고 있다. 남자가 귀한
직장에서 10년이 넘도록 서로 의지하며 지내다 보니 의형제처럼
가까워졌다.

　　진정한 형제는 좋은 것을 함께 나눠야 하기에 그에게 종종
독서를 권한다. "경제적 빈부격차보다 무서운 게 독서 빈부격차
이며 삶의 양극화를 만드는 거야"라고 열심히 설명하지만, 그는
조물주가 만들어주신 두 개의 귀를 잘 활용하여 내 말을 한 귀
로 듣고 한 귀로 흘린다.

좋은 책을 읽고 나면 'E'에게 간단히 내용을 설명해주고 꼭 읽어보라고 말한다. 그러면 그는 "남자아이 둘 키우는데 독서할 시간이 어디 있어요"라고 답한다. 나는 지지 않고 "시간이 없는 게 아니고, 의지가 없는 거야"라고 말한다. 한번 해병은 영원한 해병이라고 했던가. 'E'도 지지 않고 비장의 카드를 꺼낸다. "교회 다니는 사람이 종교는 전도 안 하면서 왜 맨날 독서만 전도해요?"라며 핀잔을 준다. 그러면 나는 "종교의 도리가 있는데 어떻게 가톨릭 재단에 근무하면서 기독교를 전도해?"라고 답하며 맞선다. 같은 대화가 수년간 반복되고 있다.

류마티스 관절염이 심해진 프랑스의 화가 '오귀스트 르누아르'는 휠체어에 타고 굽어진 손가락에 붓을 끼워 붕대로 감아 고정해서 그림을 그렸다고 한다. 그림에 대한 그의 열정처럼 책을 향한 나의 애정도 깊어서, 매일 아침 독서를 위해 한 시간 일찍 일어난다. 점심과 저녁, 자투리 시간까지 활용하면 하루에 두 시간 정도 독서할 수 있다. 한 주에 두세 권씩 부지런히 책을 읽어도 읽는 속도보다 좋은 책이 더 빨리 나와 늘 독서에 목마르다.

책을 읽으면 시공간을 초월하여 수많은 인물과 대화를 나눌 수 있어서 좋다. 의사결정이 더 좋아지고 판단력도 높아진다. 다독을 통해 높아진 자존감 덕분에 직장생활과 가정생활에도 많은 도움을 받고 있다. 책은 삶에서 원하는 것을 가장 빠르게 얻을 수 있게 해주는 '인생 공략집'이라는 말을 믿고 따르고 있다. 내 인생이 책을 통해 풍요로워진 것처럼, 나와 가까운 사람들도 책을 통해 삶이 더 풍요로워졌으면 하는 바람으로 독서를 권한다.

점심시간에 커피를 미끼로 'E'를 도서관으로 유인하는 데 성공하면, 흥미를 느끼기 쉬운 글밥이 적은 얇은 책 위주로 추천해 준다. 그러면 'E'는 책을 대여해서 잘 가지고만 있다가 도서관에 다시 반납한다. 그랬던 그가 어느 날은 도서관에 가자고 하니 책을 읽고 있다고 한다. 길거리 전도자를 쉽게 피하기 위해 "저도 교회 다녀요"라고 답변하는 걸 배워온 건지 의심이 되긴 하지만 믿어보기로 한다. 심지어 "초등학교 선생님이 쓴 빨간 책을 읽고 있는데 반납 기한이 3일밖에 안 남아서 서두르고 있어요"라고도 말한다.

내가 예약하고 대기 중인 빨간 책의 예상 대출 일이 3일 후다. 책을 읽고 있다는 그의 말은 진실이었다. 그가 드디어 한 달에 한 권 책 읽기를 시행하고 있다. 하지만 인간의 욕심은 끝이 없다고 했다. 이제는 그에게 "한 달에 한 권은 너무 적어. 일주일에 한 권은 읽어야지"라고 이야기한다. 그러면 'E'는 한결같이 "남자아이 둘 키우는데 독서할 시간이 어디 있어요?"라고 답한다. 그러면 나는 지지 않고 "시간이 없는 게 아니고, 의지가 없는 거야"라고 말한다.

사실 나에게도 의지가 부족해서 안 되는 게 한 가지 있다. 바로 '미소'다. 입사 이후 지속적으로 서비스 교육을 받지만 눈에 띄는 개선은 보이지 않는다. 마음은 고객을 향해 항상 미소 짓고 있지만 표정으로 잘 안 드러난다. 볼펜을 입에 물고 솔을 계속 외쳐보지만 크게 효과가 없다.

"촬영이 벌써 끝났어요?"라고 물으며 기뻐하는 사람들은 칭찬의 글을 적지 않지만, 경험 부족으로 땀을 뻘뻘 흘려가며 정성을 다해 재촬영을 반복하는 신규 직원에게는 칭찬의 글을 적어준다. 이를 보면 실력이 최고의 서비스라고 주장하기에도 한계가 있다. 무뚝뚝한 남자 직원에게는 '의료 현장'이 '의료 서비스 현장'으로 변해가는 게 야속하기만 하다.

촬영 대기시간을 줄이고 진료 흐름 개선을 위해, 오전과 오후 업무 시작 10분 전에 촬영을 먼저 시작하는 특화된 고객 서비스를 제공하지만 미소를 만회하는 건 어렵다. 원칙대로 정시에 촬영을 시작하면 나는 편하지만 환자 대기시간이 늘어난다. 촬영도 밀리고, 진료도 밀린다. 내가 10분 먼저 촬영을 시작하면 수십 명의 10분이 절약된다. 자발적 희생으로 미소를 대신하려고 하지만 인정받기는 어렵다. 바쁘다는 핑계를 대기에는 대한민국에 안 바쁜 직장인이 없으니 안 될 것 같고, 아프다는 핑계가 적당할 듯한데 같은 부서에 나와 같은 질환이 있지만 병원에서 가장 친절하기로 소문난 치과위생사 'L' 선생님이 있어서 그마저도 어려울 것 같다.

병원 2층 로비에는 고객행복팀에서 주관하는 '칭찬 주인공

명예의 전당'이 설치되어 있다. 매년 내·외부 고객에게 가장 많은 칭찬을 받은 교직원 세 명이 대상자로 선정되어 사진과 함께 사연이 게시된다. 2014년부터 2022년까지 9년간 유일하게 명예의 전당에 두 번 이름을 올린 직원이 딱 한 명 있는데 바로 치과위생사 'L' 선생님이다.

그녀는 보청기보다 크게 전해지는 우렁찬 목소리에, 세 명과의 대화를 주도하면서도 지나가는 사람에게 인사를 전하는 여유가 있다. 마주하는 모든 사람에게 친근하며 말과 함께 제스처를 잘 사용한다. 특히 기쁨과 슬픔에 대한 공감 능력이 뛰어나다.

틀니와 임플란트를 제작하는 치과 보철과는 노인 환자의 비중이 높은데 'L' 선생님의 활동 무대인 치과 보철과 접수는 동네 이장님 성향을 지닌 그녀의 장점을 더욱 빛나게 해준다. 어르신들은 종종 그녀의 친절에 대한 보상으로 엄청난 제안을 하기도 한다. 이미 오래전에 남의 집 며느리가 되어 고등학생 자녀까지 있는 그녀를 자신의 며느리로 삼겠다고 한다. 변호사인 그녀의 남편이 알게 되면 명예훼손으로 고소를 진행할 수도 있는 위험한 제안이다. 하지만 나는 그녀 가정의 평화를 위해 목격자 진술을 거부하기로 한다.

치과위생사여서 너무 행복하다는 그녀의 삶에도 위기가 찾아온 적이 있다. 소염진통제를 복용하며 관리해오던 강직성 척추염의 증세가 심해져 주사 치료를 받게 된 것이다. 2주 간격으로 주사약을 주입해도 증상은 점점 심해졌다. 직업에 대한 소명의식이 강한 그녀는 부은 몸, 절뚝거리는 다리로 환자를 안내하면서도 얼굴은 늘 웃고 있다. 환자가 같은 질문을 두 번, 세 번 반복해도 짜증 내는 기색 없이 친절하게 설명해준다. 그녀의 두 눈동자는 환자 앞에만 서면 항상 빛이 난다.

직업에 대한 그녀의 애정은 책에 대한 나의 사랑만큼이나 뜨겁다. 세상에 읽어야 할 책이 너무 많아 아프지만 오래 살고 싶어 하는 나처럼, 그녀는 세상에 응대해야 할 환자가 너무 많아 아프지만 오래 일하고 싶어 한다. 내가 두근거리는 가슴으로 책을 펼치는 것처럼, 환자를 응대할 때 그녀는 가슴이 뛴다. 하지만 건강한 마음과는 다르게 몸이 점점 약해져 결국 그녀는 1년간 휴직을 결정했다. 정년퇴직을 위한 일보 후퇴를 감행한 것이다.

6개월 정도 시간이 흐른 후, 인사 온 선생님의 안색이 눈에 띄게 좋아 보인다. 붓기와 함께 살도 많이 빠진 듯하다. 비결을 물으니 줌바 댄스와 걷기, 취미로 시작한 피아노 때문이라고 한다. 몸도 마음도 건강해진 덕분에 2주 간격이던 주사 치료가 3주 간격으로 늘어났고, 지금은 4주로 늘리는 중이란다. 너무 행복한 일상을 보내고 있지만 빨리 출근하고 싶다는 말을 잊지 않는다.

시간이 지나 그녀가 바라고 기다리던 복직이 되었다. 일을 하면서 주사 간격은 3주로 다시 줄었지만 여전히 행복한 삶을 살고 있다. 견디기 힘들 만큼 몸이 아프거나 마음이 힘들 때는 잠시 쉬어가는 것도 방법인 듯하다.

얼마 전, 인상적인 서비스 교육을 받았다. 등장부터 이목이 집중되는 MZ세대 강사는 자기소개를 MBTI로 대신한다. '내적 신념이 깊은 열정적인 중재자 유형'은 본인의 역할과 잘 어울린단다. 'INFP' 유형의 강사는 환자와 대화하기 전에 얼른 뇌에 자기 최면을 걸라고 한다. 외모가 배우 고창석을 닮은 환자가 다가오면 '내가 말을 하려는 사람은 장동건이다'라는 최면을 걸고, 외모가 개그맨 양세찬을 닮은 환자가 불만을 제기하면 '나는 지금 박보검과 대화하는 중이다'라는 최면을 걸라고 한다. 그러면 누구에게나 친절해질 수 있다고 하는데, 묘하게 설득력이 있다.

나는 'INTJ' 유형이다. 최고가 되는 것은 외로운 일이라는 것을 잘 알고 있다. '매우 희귀한 성격이면서도 뛰어난 능력을 지닌 전략가 유형'은 이를 적용하여 환자를 대하기 전 자기 최면을 걸기로 한다. 최면 대상은 잘생긴 배우 대신 내가 좋아하는 사람으로 한다. 가족일 수도 있고 작가나 화가가 될 수도 있다. 좋아하는 일을 하게 되니 의지는 저절로 생길 것이다. '○○이 없어서 안 돼'는 핑계일 뿐이다. 의지가 없는 거다.

붓을 들 수 없게 된 화가 '앙리 마티스'는 병상에 누워 조수들이 물감을 발라 말린 종이를 건네주면 가위로 잘라 붙여 그림을 완성했고, 하늘을 날고 싶은 인간의 의지는 비행기를 만들었다. 의지만 있다면 못 할 일이 없다. '용의주도한 전략가'는 외로워도 최고가 되기로 결심하고, 명예의 전당에 사진이 올라갈 수 있도록 부족한 의지에 열정을 더해본다.

낭만이
현실을
이긴다

빨간 장미꽃으로 가득 채워진 커다란 꽃다발이 치과 대기실에 도착한다. 꽃다발을 확인한 여직원들은 빠르게 설렘을 장착하고 시상식의 후보자가 된다. 반짝이는 눈빛으로 무심한 듯 발표를 기다린다. 검은색 오토바이 헬멧을 머리에 걸쳐 쓴 배달 직원은 시상식의 발표자가 되고, 순간 모든 이목이 그에게 집중된다. 후보자들은 배달원의 입에서 본인의 이름이 호명되기를 간절히 바라는 눈치다.

오토바이용 장갑을 착용한 중년 남성의 입에서 '김'이라는 성이 흘러나옴과 동시에 두 명의 여직원이 후보로 남아 결승에 올라가고, 나머지 직원들은 자동으로 탈락한다. 곧이어 '김○○' 님이라는 최종 우승자의 이름이 호명된다. 승자는 기쁘지만 부끄러운 듯 미소를 감추고, 주변 여직원들은 아쉬움을 숨긴 채 부러움을 가득 담아 축하를 건넨다.

사연을 들어보니 남자친구가 생일이라고 꽃을 보내왔다고 한다. 얼핏 봐도 꽃다발이 꽤 비싸 보인다. 남자친구의 배짱이 두둑하다. 동료 여직원들의 눈빛만 봐서는 꽃을 보낸 남자친구가 있다는 사실이 부러운 건지, 꽃을 받은 사실이 부러운 건지 구별하기가 어렵다. 반응을 보아하니 이 순간에는 꽃을 보낸 남자친구의 키와 외모, 직업과 성격 등 모든 판단의 기준은 무의미해 보인다.

여자친구의 직장에 꽃을 보냈다는 사실만으로 베일에 싸인 인물은 로맨티스트에 최고의 남자친구가 된다. 여성들이 선호하는 큰 키는 돈으로 살 수도 없는데, 그보다 더 중요한 실존하지 않는 무언가가 있는 듯해서 희망을 품는다. 깨달음을 얻은 후 작은 키를 극복하기 위해 용기를 낸다. 일주일 뒤에 있을 아내의 생일에 직장으로 꽃을 보내기로 결심한다.

로맨틱한 남편이 되고자 하는 의지와는 다르게 현실의 벽은 상당히 높다. 받는 용돈에 비해 꽃값이 꽤 비싸다. 고민 끝에 작은 꽃바구니를 선택하고 문구에 힘을 싣는다. 바구니의 부족한 크기를 마음에 울림을 주는 글로 채우기 위해 고심을 거듭한다.

며칠 후, 화사한 핑크빛 꽃으로 채운 바구니가 회사로 배달되니 아내의 기분이 좋아진 듯하다. 진심이 담긴 문구 때문인지, 생기 있는 꽃 때문인지 구별하기는 어렵지만 카카오톡 대화창에 기쁨이 넘쳐난다. 메시지창에 가득한 이모티콘을 보니 덩달아 기분이 좋아진다.

수현아 생일 축하해. 다시 태어나도 나랑 살자.

결혼 후 처음으로 꽃바구니를 보낸 성과가 제법 만족스럽다. 허를 찌르는 문구 덕분에 로맨틱한 남편이 될 수 있었다. 꽃을 받고 행복해하는 아내의 모습을 접하면서는 꽃처럼 가성비 좋은 선물도 없다고 생각했다. 이후로는 기념일이 되면 잊지 않고 꽃을 챙기고 있다.

자연스레 기념일이 다가오면 가장 먼저 꽃부터 준비하는 내게도 세상에서 가장 아까운 돈이 꽃값이었던 시절이 있었다. 중학교 졸업식을 며칠 앞두고는 어머니께 "받자마자 시드는 꽃에 쓰는 돈이 너무 아까우니 꽃다발 대신 꽃값을 받을게요"라고 선언하기도 했다. "졸업식 사진에 꽃이 없으면 어떻게 해?"라는 모친의 걱정에는 "사진 찍을 때 친구들에게 꽃을 잠깐 빌려서 찍으면 돼요"라고 말씀드렸다. 기나긴 언쟁 끝에 "꽃다발이 졸업식에 오면 주인공인 아들이 졸업식에 없을 수도 있어요"라는 말로 마침내 어머니를 설득할 수 있었다. 평소 고집을 잘 피우지 않는 성격이었지만 그날만큼은 확고했다. 이상하리만큼 꽃값에 대한 지출이 낭비로 여겨지던 시절이었다.

결국 중학교 졸업식 날, 부모님께 꽃다발 대신 꽃값을 받았다. 고등학교 졸업식 날에는 꽃값이 많이 올랐다며 꽃값을 더 올려 받기까지 했다. 그 돈으로는 시들어서 사라질 꽃 대신 없어지지 않을 사고 싶던 물건을 샀다. 어느덧 20년이 훌쩍 지났고, 영원히 사라지지 않을 것 같았던 그 물건이 무엇이었는지는 이제 기억조차 나지 않는다. 물론 그 물건은 사라지고 없다.

직장인이 되어서도 상황이 크게 달라지지는 않았다. 여자친구를 위한 화이트데이와 빼빼로데이의 예산은 만 원을 초과하지 않았고, 당연히 꽃값은 예산 편성에서 매번 제외되었다. 어버이날이면 카네이션은 늘 하나뿐인 여동생이 담당했고, 결혼 후에는 세심한 아내가 챙겼다. 그렇게 현실이 낭만을 이기던 삶을 살고 있던 중, 우연히 꽃과 무척 가까워지는 계기가 하나 생겼다.

고객행복팀에서 직원을 대상으로 점심시간을 이용해 '꽃꽂이 원데이 클래스'를 준비하고 있었다. 참가 비용은 무료였고, 점심으로 샌드위치가 제공되었다. 현실적인 내 기준에서는 점심값을 아끼는 괜찮은 조건이었다. 여직원이 많은 직장이다 보니 강좌 신청의 열기가 상당했고, 20명 정원보다 지원자가 훨씬 더 많았다. 며칠 후, 추첨 결과를 확인하고는 만감이 교차했다. 당첨자 명단에 눈에 띌 수밖에 없는 독특한 내 이름이 보였고, 그 아래로는 낯익은 이름이 보이는데 다시 봐도 부서장의 이름이 맞다. 그녀의 이름 역시 독특해서 병원에 동명이인이 없다.

디데이(D-day)가 되었다. 결국 부서장과 함께 꽃꽂이 강좌에 참여하게 되었다. 주제는 '용돈 박스 만들기'다. 2인용 테이블이

'ㄷ'자 형태로 배치된 강의실 안에는 생화와 꽃꽂이를 위한 도구가 마련되어 있었다. 참가자들이 빙 둘러 가며 자리를 채웠다. 예상대로 남성 직원은 나 혼자뿐이다. 이제는 이런 상황이 어색하지 않고 익숙하다. 입사 초기에는 입으로 하는 말과 마음으로 하는 말이 다른 경우가 많은 여성의 언어가 어려웠지만, 이제는 번역기가 즉각즉각 반응하여 어려움 없이 생활한다. 결혼식 단체 사진을 봐도 남성보다 여성이 더 많고 당연히 전화번호부에도 예쁜 이름이 더 많다.

강의가 시작되자 화사한 화장으로 마른 얼굴에 생기를 더한 40대 초반의 강사가 "생화로 상자의 반을 채우고, 나머지 반쪽에는 용돈을 담아 선물하시면 돼요"라고 친절하게 설명해준다. 공짜 점심도 먹고 아내에게 공짜 꽃도 선물하려고 참여한 의도와는 다르게 강사는 큰 지출을 요구한다. 더욱이 아내에게 용돈을 받아 쓰는 처지를 고려하면 실행이 불가능한 제안이다. 반쪽에 대한 고민은 반쪽을 완성하고 나서 다시 하기로 결정하고 우선 강좌에 집중한다.

강사가 테이블에 놓인 꽃의 순서대로 이름을 설명해주니 여성 참가자들은 고개를 끄덕이며 호응하기에 바쁘다. 투박한 남성 참가자만 혼자 라틴어나 중국어보다 어렵다고 느끼는 듯하다. 꽃의 향기를 맡아보라고 하는데 만성 비염 때문인지 딱히 향과 냄새를 구별하기가 어렵다. 자연스럽게 다른 참가자들이 꽃 이름을 습득하는 데 집중할 때, 홀로 샌드위치를 시식하는 데 집중한다.

짧은 이론 교육이 끝난 후 본격적인 실습이 시작되었다. 물을 충분히 흡수해서 촉촉해진 '오아시스(꽃을 꽂는 스펀지)'가 비닐로 감싸진 채 상자 안에 놓여 있다. 꽃대를 사선으로 길게 잘라야 꽃이 물을 잘 흡수할 수 있다고 해서 뾰족하게 자르니 오아시스에 꽂기가 수월해진다. 큰 꽃부터 꽂아야 작은 꽃도 눈에 잘 띈다고 해서 알려준 순서대로 꽃을 꽂으니 크고 작은 꽃들이 조화를 잘 이룬다. 각자가 선호하는 높이와 배치로 꽃을 꽂고 나니 분명 같은 재료인데 각기 다른 모양으로 완성이 된다.

청일점의 세월이 길어지다 보니 칭찬에 익숙한 여성 직원들의 특성에도 익숙해졌다. 타인의 완성품이 더 예쁘다고 서로서로 칭찬하지만 속마음에 담긴 진심은 다를 수 있다. 가장 투박한 나의 결과물에도 여기저기서 칭찬이 쏟아지니 일단 기분이 좋아진다. 설사 진심이 아니어도 상관없다. 세월이 가르쳐준 눈치로 옆에 있는 부서장에게 "팀장님은 직업을 잘못 택하신 것 같네요"라며 작품을 칭찬하니 그녀의 입꼬리가 살짝 올라간다. 반응이 괜찮다. "나중에 퇴직하신 후에는 꽃집 차리셔야겠어요"라고 덧붙이니 입꼬리가 귀를 향해 돌진한다. 기뻐하는 얼굴을 보니 용기 내어 말하길 잘했다는 생각이 든다.

꽃을 들고 부서로 복귀할 때 공허한 가슴에 따스함이 채워지면서 애사심이 세 단계 정도 상승한다. 힘든 유격 훈련을 함께한 동기처럼 추억을 공유한 부서장과는 더 가까워진 느낌도 들고, 기분 좋은 여운 또한 아주 길게 지속된다.

귀갓길에 은행 ATM으로 향하고 싶은 마음이 크지만 현실은 편의점 문을 연다. 황금빛 5만 원권 지폐로 반을 채우고 싶은 욕망을 겨우 억누르고, 황금빛 포장지에 고이 싸인 초콜릿으로 빈 공간을 채운다. 꽃을 들고 있는 퇴근길은 즐거움이 더해지고, 벅찬 감정은 한동안 이어진다.

아름답게 포장된 꽃 상자를 들고 있으니 엘리베이터를 타고 올라가는 시간이 유독 길게 느껴진다. 엘리베이터에 함께 탄 사람들의 시선에 마주하는 눈빛에는 부끄러움 대신 자랑스러움을 장착한다. 현관 앞에 도착해서는 꽃을 빨리 전달하고 싶은 욕구를 가까스로 억누르고, 감동을 더하기 위해 벨을 누른다. 동그란 버튼을 누르는 손가락에 유난히 힘이 들어간다. 이 남자가 갑자기 왜 이러나 싶겠지만 아내는 다행히 문을 직접 열어준다. 꽃을 들고 있는 어색한 남편의 모습을 보고는 '피식' 하고 웃음을 터뜨린다. 눈도 커지면서 빛이 나기 시작한다. 연애 시절에 보던 애틋함이 오랜만에 새까만 눈동자에 가득 채워진다.

정성스럽게 완성한 꽃 상자를 당당하게 건네니 아내가 호기심 가득한 눈빛으로 "이건 뭐야?"라고 묻는다. "직장에서 꽃꽂이를 해봤는데 의외로 즐거웠어"라고 답하며 꽃에 담긴 사연과 소감을 섞어 전달했다. 흥분이 채 가시지 않은 목소리로 아내에게도 참여를 권하니, 육아에 지친 아내는 "꽃꽂이할 시간이 있으면 부족한 잠이나 더 잘래"라고 말하며 사양한다. 하지만 아내의 거절에도 고집을 꺾지 않고 "수면으로 채울 수 없는 무언가가 채워지니 꼭 한 번만 해봤으면 좋겠어"라고 말하며 설득을 거듭했다.

중학교와 고등학교 졸업식 날 꽃다발을 거부했던 강인한 의지를 소환해서 끝까지 꽃꽂이를 권했고, 결국 아내도 꽃꽂이 원데이 클래스에 참여하게 되었다. 토요일 아침, 엄마와 떨어지지 않으려는 세 살 딸아이를 놀이터로 유혹하는 데 성공해서 수면으로 육체의 휴식을 원하는 아내에게 꽃꽂이로 영혼의 휴식을 선물했다.

강좌가 끝나는 시간에 맞춰 마중을 가니 예상대로 아내의 얼굴이 꽃처럼 환하다. 오아시스에 꽃을 담는 시간은 아내의 미소가 꽃을 닮는 시간이 되기에 충분했다.

무뚝뚝한 남성에게도 매력적인 꽃꽂이가 섬세한 여성에게는 훨씬 더 흥미롭게 다가갈 것 같았다. 예감이 적중했다. 투자한 보람이 있다. 센터피스에 예쁘게 담긴 꽃의 조화도 아름다웠지만 밝게 웃는 아내의 모습이 더 보기 좋았다.

이후로 아내는 계절의 변화에 맞춰 다양한 꽃들로 꽃꽂이를 하고, 크리스마스에는 생화 리스로 거실 테이블을 장식한다. 요즈음에는 아내의 꽃꽂이 시간을 내가 더 기다리고 있는 듯하다. 사랑하는 사람의 행복한 미소를 보는 것보다 완벽한 선물이 없다는 것을 깨달았기 때문이다.

'현실이 낭만을 이긴다'라고 생각하는 사람들이 많은데 이는 착각이다. 내 생각에는 오히려 낭만이 현실을 이긴다. 자신의 존재 자체가 이벤트라고 생각하며 무뚝뚝한 삶을 살아가는 이들이 현실에 낭만까지 더해진 풍요로운 삶을 조금이라도 더 일찍 살아가기를 바란다. 사랑하는 사람에게 꽃을 선물하면 그 사람의 얼굴에는 웃음꽃이 피어나고, 그런 날은 길가에 피어 있는 꽃 한 송이만 바라봐도 행복해진다.

기념일이 매년 오는 것 같지만, ○○살의 기념일은 평생에 단 한 번뿐이다. 그렇게 생각하면 소소한 기념일이라도 소홀히 넘기기가 어렵다.

예쁜 꽃 한 송이가 피어나는 과정은 어떻게 보면 우리의 삶과 비슷한 부분도 많다. 각자의 계절에 맞게 피어나는 꽃처럼 각자의 인생도 꽃피우는 시기가 다르기 때문이다. 가장 아름답게 피어난 꽃을 선물하는 것은 꽃이 피어나기까지의 시간과 기다림, 활짝 핀 찬란한 순간까지 그 모든 것을 선물하는 것이나 다름없다. 그리고 사랑하는 사람의 가장 소중한 순간에 아름다움이 절정에 다다른 꽃을 선물한다는 것은 전달하는 사람에게까지 큰 선물이 되기도 한다.

5만 원짜리 꽃다발에도, 7천 원짜리 꽃 한 송이에도 사랑하는 사람은 당신에게 미소를 지어준다. 예쁜 꽃만 바라봐도 미소가 지어지는데 꽃에 담긴 당신의 마음까지 느껴지니 입꼬리가 더 올라갈 수밖에 없다. 그 미소를 바라보는 당신 역시 자연스레 미소 짓는다.

현실이 낭만을 이기는 유전자가 있다 보니 아직도 여전히 꽃값이 비싸게 느껴지기도 한다. 하지만 두 사람의 미소 값이라고 생각하면 그 가치가 달라진다.

"행복한 하루를 값으로 매긴다면 얼마일까요?"

이 질문에 대한 각자의 답은 다르겠지만 적어도 7천 원짜리 꽃 한 송이 값보다는 비쌀 것 같다. 행복한 하루를 위한 입장권을 구매하고 싶은 날에는 꽃집에 들러 꽃 한 송이를 사서 사랑하는 사람에게 선물해보자. 물론 꽃이 다발이면 더 좋다.

슬기로운 직장생활

새해 탁상 달력이 배부되면 직원들은 하나둘씩 빳빳한 종이를 빠르게 넘기면서, 빨간색으로 적힌 숫자의 수를 확인한다. 이때 수량만큼 중요한 것이 하나 더 있는데 바로 그 위치다. 월요일이나 금요일에 빨간색이 자리 잡고 있으면 기쁨에 환호가 더해지고, 화요일이나 목요일에 자리한 경우에는 아쉬움이 남는다.

그다음으로는 2월 14일과 3월 14일을 확인하는데 휴일이었으면 하는 바람과는 다르게 둘 다 평일이다. 그나마 다행인 건 11월 11일은 주말이다. 자연스럽게 연간 업무 일정은 두 개가 더 추가된다.

2월 14일 아침이 되었다. 출근해서 책상을 보는데 기대와는 다르게 깨끗하다. 마음이 가벼워지지만 한편으로는 섭섭함이 느껴지려는 찰나 50대 팀장이 출근을 한다. 혹시나 하는 기대로 눈을 마주치고 인사를 하니 이날만 기다려왔다는 듯한 반가운 표정을 보인다. 역시 부서장은 다르다. 당당한 그녀의 자세에서 초콜릿을 준비했다는 사실을 쉽게 짐작할 수 있다. 부서원을 생각하는 마음이 한겨울 핫팩만큼 따뜻하게 느껴진다.

"오늘이 무슨 날인지 알지?"라는 그녀의 다정한 인사에 "밸런타인데이입니다"라고 기분 좋게 답한다. 피곤한 아침에 당분을 섭취할 수 있다는 기대감에 입꼬리가 살짝 올라가지만 설렘을 들키지 않으려 애쓴다. 초콜릿을 받을 타이밍만 노리고 있는데 갑자기 예상과는 다른 전개가 펼쳐지기 시작한다.

그녀가 내게 초콜릿을 달라고 한다. "팀장님, 오늘은 밸런타인데이입니다"라고 답하니, "응. 그러니까 남자가 여자한테 초콜릿을 줘야지"라고 말한다. 여기는 미국이 아니고 한국이다. 대한민국에서는 밸런타인데이에 여자가 남자에게 초콜릿을 선물한다. 평소에는 상사가 "콩을 보고 팥이다"라고 하면 일단 "콩인 줄 알았는데 자세히 보니 팥이 맞네요"라고 답한 후, 기회를 보아 '콩'이라고 정정하는 슬기로운 직장인이지만 이때만큼은 즉각 오류를 수정한다. 자신감에 확신을 더해 "여자가 남자에게 주는 날이 맞습니다"라고 말하면서 "얼른 가서 사오시면 됩니다"라고 덧붙인다.

눈치와 센스로 수십 대 일의 경쟁을 뚫고 부서장이 된 그녀답게 빠르게 상황을 파악한 후 실수를 무마하기 위해 큰 소리로 웃는다. 그러고 나서 지나가는 빈손의 여직원에게 눈빛을 보낸다. 신호를 접수한 직원도 가벼운 손의 민망함을 인정하며 순순히 초콜릿 구매 행렬에 동참한다. 떠나는 그녀들에게 "지연 이자로 커피도 추가해서 받겠습니다"라고 용감하게 말을 더한다.

아침 인사 시간이 되어 전 직원이 모인다. 네 명의 남자 직원들에게는 커피와 함께 고급 진 캐러멜 상자가 전해진다. 과당류 중에서는 병원 건물 내에서 최고가 제품이다. 기쁨도 잠시, 달달한 캐러멜을 목으로 넘기는데 엔도르핀 대신 근심이 채워진다. "한 달 후에 기대할게요"라는 부서장의 뼈 있는 한마디로 남직원들의 분위기가 심상치 않다. 커피에 담긴 사연(지연이자 사건의 상황)을 듣고 나서는 나를 원망하는 눈빛까지 보인다. 별일 아니라는 듯 강한 척해보지만 나 역시 한 달 후가 걱정되기는 마찬가지다.

D-7일, 상사에게 지연 이자를 요구했던 당돌함에 대한 후회를 하기에는 이미 늦었다. 엎질러진 물이다. 뇌에 탑재된 기본 암산기를 이용해 빠르게 계산해보니 남직원이 4명이고 여직원이 22명이다. 그날을 무사히 넘기려면 남직원 한 명당 여직원 4.5명을 맡아야 한다. 필요 예산이 만만치 않다. 딸아이가 유치원에 다니면서부터는 기념일이 되면 일인 몫을 차지한다. 당연히 3월은 주머니 사정이 더 안 좋다. 부족한 통장 잔고를 위트와 센스로 극복하기 위해 비장한 각오로 스마트폰을 꺼내 검색창을 띄운다.

세상이 많이 좋아졌다. 5천 원짜리 작은 초콜릿 병에 원하는 문구를 새겨주는 데 추가 비용도 없다. 조건은 단 하나, 글자를 25자 이내로 작성해야만 한다. 단문으로 유명한 '어니스트 헤밍웨이'는 여섯 단어만 사용해서 완성한 문장으로 주변을 울음바다로 만들었다. 25자이면 난이도가 '하'다. 입사 2년 차인 치과기공사 'K'에게 문구 선택의 영광을 위임하겠다는 의사를 전달하니, "제가요?"라며 단칼에 거절한다. 지지 않고 "응"이라고 짧게 다시 지시한다.

다음 날 쭈뼛쭈뼛 다가오는 그를 보니 예감이 좋지 않다. "멘트를 정했습니다"라고 말하는 그의 어투에서 자신감을 찾아볼 수가 없다. 혹시나 하는 기대로 "뭐야?" 하고 물으니, "사랑합니다"라고 말한다. 젊은 직원의 힙한 센스를 기대했는데 옛날 옛적 호랑이 담배 피던 시절의 멘트를 꺼낸다. 더욱이 '사랑'이라는 단어는 유부남이 동료 여직원에게 사용한 사실이 아내에게 발각되면 '사망'하게 될 수도 있는 금기어라는 사실을 모르는 것 같다. 여자친구가 없다고 하더니 왜 없는지 이해가 된다. 결국 직접 나서서 해결하기로 결정한다.

고민 끝에 필명을 '어디이써 헤밍웨이'로 정하고, 25자만 사용해서 모든 여심을 녹이겠다는 각오로 그날을 준비한다. 물론 비용은 '1/N'이다.

잠시 후, 어니스트 헤밍웨이의 "For sale: baby shoes, never worn.(한 번도 안 신은 아기 신발 팝니다.)"에 버금가는 문장을 완성한 후 홀로 뿌듯해한다. 큰 숙제를 해결한 듯 홀가분한 마음으로 'K'에게 멘트를 전달하고 구매를 지시한다. 순간 그의 동공이 심하게 흔들리며 본인의 귀를 의심하는 것이 느껴진다. "실장님!" 하고 다급하게 외치는 그의 목소리가 미세하게 떨린다. 주변에 있는 남직원에게 애타게 도움을 요청해보지만 문구를 전해 들은 기공실장은 "좋은데?"라는 반응을 보인다. 역시 실장다운 안목이다. 결혼도 하고 아이를 둘이나 낳은 데는 이유가 다 있다.

이제는 초콜릿 병을 포장하는 상자의 구매 결정만이 남았다. 금세 버려질 상자에 7백 원을 사용하는 것은 비합리적인 구매행위다. "상자는 없어도 되겠죠?"라는 그의 질문에, 고민 없이 "아니, 구매해"라고 지시한다. 어리둥절해하는 표정을 보니 이벤트 성공의 핵심은 분위기라는 기본 중의 기본도 모르는 눈치다. 이쯤 되니 'K'에게 여자친구가 없는 게 오히려 다행이라 생각된다. 과감히 7백 원을 추가해서 상자를 구매하고, 그날을 기다린다.

D-0일, 때마침 아침에 전 직원 교육이 있다. 모두가 피곤한 눈을 비비며 이른 출근을 하는 날이다. 교육 장소에 도착했는데 당연히 있어야 할 초콜릿 상자가 보이지 않는다. 부서원들의 무거운 아침을 가볍고 상쾌하게 바꾸기 위한 계획이 흐트러질 위기를 직감하고, 수습을 위해 'K' 기공사를 찾아간다.

무심하게 기공 업무에 전념하고 있는 그에게 "초콜릿 어떻게 나눠줄 거야?" 하고 물으니, "글쎄요, '옜다, 오다 주웠다' 하는 느낌으로 테이블 위에 두고 하나씩 가져가라고 하면 되지 않을까요?"라고 답한다. 본인이 '박보검'이라고 착각을 하는 건지, 생각이 없는 건지 판단이 어렵다. 이쯤 되니 슬슬 'K'가 모태솔로가 아닌지 의심이 들기 시작한다. 먼저 결혼에 성공한 경험을 바탕으로 모솔 의심남에게, 슬기로운 직장생활을 위한 교양 항목인 선물의 A to Z를 대가 없이 가르쳐준다.

'낭만'을 '남말' 정도로만 이해하고 있는 그에게 "화이트데이 선물은 받는 사람의 시각과 후각 그리고 미각까지 최소한 세 가지 감각을 충족시켜야 성공하는 거야"라고 친절하게 가르쳐준다. 또한 상대방의 감성을 자극하기 위해서는 정성스레 전달하는 게 무엇보다 중요하다고 목소리에 힘을 주어 강조한다. 잘 듣고 있던 'K'가 "그건 제 적성에 안 맞는데요"라고 답하며 즉시 거부 의사를 표하지만, "적성에 안 맞는 걸 하는 게 직장인이야"라고 말하며 냉혹한 현실을 알려주면서 한 번 더 지시한다.

결국 기에서 밀린 'K'는 축 처진 어깨로 선물을 직접 나누어준다. 눈도 제대로 마주치지 못하는 전달자의 어리숙함은 작은 상자를 받기 위해 모여든 여직원들의 뜨거운 반응에 금세 묻힌다. 곧이어 초콜릿 상자를 받은 여직원들이 상단에 붙어 있는 스티커를 확인하고는 떠들썩해지기 시작한다.

꽃밭에서 일하게 해주셔서 감사합니다.

'어디이써 헤밍웨이'의 심혈을 기울인 문구가 빛을 발하는 순간이다. 사람을 식물로 표현하는 과감한 시도에 대한 반응이 가히 폭발적이다. 여기저기서 본인의 정체성이 '꽃'이었음을 알게 된 여직원들의 표정이 밝아지더니 하나둘씩 얼굴에 웃음꽃이 피어나기 시작한다. 이른 아침 교육으로 인해 가라앉은 분위기가 금세 활기차게 변하더니 기분이 좋아진 부서장은 급기야 골든 벨을 울린다. 전 직원 커피를 주문하라고 한다. 모두가 환호하지만 정작 기획자는 웃지 못한다. 멋진 글을 작성한 대가로 커피 주문과 배달 업무가 추가되었다. 마음이 헛헛하지만 좋은 분위기의 여운을 길게 늘리기 위해 센스를 발휘한다. 시간이 없으니 지난번 주문과 동일하게 진행하겠다고 전달하고, 'K'와 함께 커피숍으로 내려간다.

카트를 밀고 있는 'K'에게 "즐거웠지?"라고 질문하니, "힘들었어요"라고 답한다. 아침부터 심히 지쳐 보이는 그에게 살가운 선배로서 "힘드니까 직장인 거야"라고 다시 한번 냉혹한 직장의 현실을 가르쳐준다. 아직 정식 일과는 시작도 안 했는데 'K'가 "벌써 퇴근하고 싶네요"라고 속마음을 내비친다. 잠시 후 한숨을 푹 쉬더니 "아니다, 퇴사인가요?"라고 해서 "그럼 사직원 출력해서 줄까?"라고 장난스레 말하니 "이미 가슴에 있습니다"라고 대답한다. 2년 차가 되더니 가슴에 사직서를 챙겨 다닌다. 이제 제법 직장인 티가 난다. 슬기로운 직장인으로 양성하기 위해 열심히 가르친 보람이 느껴진다.

화이트데이 날, 여직원 22명에게 작은 선물과 함께 선물 같은 글을 기획해서 전달했다. 달짝지근한 초콜릿에 달달한 문구까지 더해지니 20대 젊은 여직원부터 50대 여 팀장까지 모두가 하루종일 꽃처럼 환하게 웃는다. 오가며 마주칠 때마다 밝은 얼굴로 고맙다고 인사를 건넨다. 내 기분도 덩달아 좋아진다. "고맙게 받아줘서 고마워요"라고 답하니 한 번 더 웃어준다. 건조한 직장이 이날만큼은 촉촉해진다. 비록 의무감으로 시작하긴 했지만 초콜릿과 초콜릿만큼 달콤한 글이 여심을 녹이니 보람이 느껴진다.

이튿날, "선생님은 책을 많이 읽어서 글을 잘 쓰는 것 같아요"라는 듣기 좋은 칭찬이 여기저기서 쏟아진다. 낭만은 남말이었던 'K' 기공사 역시 오며 가며 마주치는 여직원들이 고맙다고 인사해주니 기분이 썩 좋아진 것 같다. "앞으로는 저도 책을 많이 읽겠습니다"라는 말로 지속적인 낭만 추구 의사를 밝힌다. 이제는 그도 누군가의 남자친구가 될 준비가 된 듯하다. "내년을 기대할게"라는 짓궂은 장난에, "지금부터 준비하겠습니다"라고 답하며 호응도 한다. 센스까지 늘었다. 화이트데이가 지나면 곧 꽃 피는 봄이 온다. 슬기로운 직장인이 되어 가고 있는 'K'도 좋은 짝을 만나 예쁜 사랑을 꽃피우길 기대해본다.

글이 지닌 힘은 강하고 파급력도 커서 누군가의 평범한 하루를 기분 좋게 바꾸어주기도 하고, 여럿을 한꺼번에 행복하게 만들어주기도 한다. 짧은 글을 적기 위한 노력은 결코 짧지 않을 수 있지만 결과를 생각하면 충분히 투자할 만하다.

밸런타인데이와 화이트데이는 상술이라고만 생각했는데 이제는 아니다. 설레는 마음으로 이벤트를 기획하고, 낭만을 기대한다. 작은 정성에 온기가 더해지니 인생이 더 풍요로워진다.

기소불욕 물시어인
(己所不欲勿施於人)

　　라떼는 따뜻한 라떼와 아이스 라떼 두 종류만 있는 줄 알았다. 그런데 우유 많이, 연하게, 더블 샷, 저지방 우유 등의 제조 선택에 사이즈 선택까지 추가해서 조합하면 언뜻 계산해도 20종류 이상의 다양한 라떼 주문이 가능하다는 사실을 알게 되었다. 취향이 다양한 여직원이 많은 부서에서 커피 주문 업무를 오랜 시간 해오다 보니 외계어같이 여겼던 메뉴 이름도 이제는 또렷하게 들린다. 병원에서 사용하는 운반 카트를 이용하면 60잔 정도는 너끈히 혼자서 배달도 가능하다. 역시 내게는 배달 민족의 피가 흐른다.

　　커피 심부름은 막내가 담당하는 것으로 드라마에서 배웠지만 현실은 다르다. 남성이 많은 곳에 여성이 한 명 있으면 공주처럼 대접받지만 여성이 많은 곳에 남성이 한 명 있으면 머슴으로 부려질 확률이 높다고 하더니, 불행히도 나는 후자가 된 듯하다. 강산도 변한다는 10년이 넘은 기간, 부서에서 여성 후배들의 입사가 꾸준히 이어졌으나 커피는 여전히 내 담당이다.

직장에서는 배달을 담당하지만 가정에서는 상황이 조금 다르다. "자식이 음식을 맛있게 먹으면 부모의 배가 부르게 된다"는 말도 안 되는 논리를 이해하게 될 즈음 자연스럽게 부캐에 '요리사'가 추가되었고, 욕심 많은 아빠는 일요일이면 '짜파○티 요리사'로 활동하던 경험을 살려 다양한 음식을 선보이기 위해 주방에서 날카로운 칼을 수시로 꺼내 들고 있다.

오늘 저녁 메뉴는 꽃게탕이다. 저녁 식탁에 올라갈 꽃게를 손질하고 준비한 육수에 넣고 끓이기 위해서는 정시 퇴근이 절실하다. '미식가' 캐릭터를 물려받은 딸아이가 만족할 수 있는 감칠맛 나는 꽃게탕을 끓인다는 일념 아래 하루종일 하나인 몸을 둘로 쪼갠 듯이 분주히 움직인다. 평소에도 근무 만족도에 지대한 영향을 주는 칼퇴근의 가중치가 이날은 더욱더 높아진다.

그림자까지도 함께 일한 기분을 느끼며 숨을 몰아쉴 때쯤 되니 작은 바늘이 숫자 5를 가리키기 5분 전이다. 방심하지 않고 키보드를 누르는 손가락의 움직임을 더욱 빠르게 하여, 긴 바늘이 숫자 12를 가리킴과 동시에 용수철처럼 튀어나갈 준비를 끝마친다. 그 순간 예기치 않은 미션이 떨어지자마자 내 마음에는 핵폭탄이 떨어졌다.

_ 미션: 지금 바로 내일 아침에 먹을 샌드위치 30개와 커피 26잔을 예약 주문하라.

오후 5시 정각. 메신저를 끈 직원이 절반이라 음료를 주문하는 것도 쉽지 않은 상황이다. 평상시엔 15분이면 처리할 수 있는 업무이지만 지금 상황에서는 두 배 정도 더 걸릴 것으로 예상된다. 30분 후에 퇴근하면 교통 체증이 심해져 내비게이션의 도착 예정 시간은 15분이 더 추가된다.

저녁식사 마지노선인 8시가 무너짐과 동시에 독서로 단단해진 멘탈도 함께 무너진다. 급하게 정신을 가다듬고 사내 메신저로 커피를 주문받는다. 메신저가 꺼진 직원들은 신속하게 파악하여 휴대폰으로 메시지를 보낸다. 빠른 메뉴 합산이 가능하도록 함수를 설정해둔 엑셀 파일을 열어서 메뉴를 입력한다.

잠시 후, 커피 주문 업무 인계 후보자인 계약직 남직원이 찾아와 "커피는 제가 주문하겠습니다"라고 말한다. 순간 입꼬리가 3센티미터 정도 위로 올라가지만 속마음을 들키지 않게 머릿속으로만 시간을 계산한다. 도움받을 경우 일은 10분 정도 단축되겠지만 후배의 퇴근은 20분이 늦어진다. 행위의 결과가 '-10분'이다. 이런 투자는 하면 안 된다. 머리로는 알고 있지만 20대 남성의 건강한 육체를 보고 있으니 자꾸만 감정이 이성을 이기려고 한다. 다행히 중요한 순간에 공자님의 가르침이 떠오른다.

기소불욕 물시어인(己所不欲勿施於人).

《논어》에서 공자는 자기가 하고 싶은 것이 아니면 다른 사람에게 시키지 말라고 말했다.

대부분의 직장인처럼 나 역시 퇴근 후 업무를 극도로 싫어한다. 내가 하기 싫은 일을 다른 사람에게 시킬 수는 없다. 도움 주러 온 후배에게 "괜찮으니 그냥 가도 돼"라고 이야기하고, 커피 주문보다 퇴근이 더 불편해 보이는 후임을 쿨하게 돌려보낸다. 메뉴 정리, 주문과 계산까지 모두 마무리하고 시계를 보니 예상대로 5시 30분이다.

급하게 옷을 갈아입고 스마트폰 어플로 미리 시동을 걸어둔 차에 올라타니 클래식이 흘러나온다. 바이올린과 피아노 선율이 이어지지만 상한 마음은 쉽게 회복되지 않는다. 비장의 카드 피아졸라의 〈리베르탱고(Libertango)〉를 선곡해서 볼륨을 최대로 높여 보지만 여전히 회복이 어렵다. 이대로 귀가하면 안 좋은 기분이 아내와 딸에게 전해지게 된다. 그럴 수는 없다. 블루투스로 연결된 통화 버튼을 누르니 신호가 두 번 울리고 아내의 목소리가 들린다. 옆에서 "아빠" 하고 부르는 딸의 목소리도 작게 들린다. 큰 결심을 한 듯 아내에게 "오늘 외식해야 될 것 같아"라고 말하고, 꽃게탕은 다음날 끓이는 것으로 계획을 수정한다.

저녁 외식 메뉴는 중식이다. 우울함을 이겨내는 데 달달함만큼 효과가 뛰어난 것도 없다. 입가에 짜장을 가득 묻히고 재잘재 잘 웃고 떠드는 아이를 보고 있으니 차에서는 해소되지 않았던 스트레스가 금세 사라지고 없다.

식사를 마친 뒤에는 바로 옆 아케이드 공간으로 이동해 동전 두 개를 넣고 자동차 운전 게임도 함께한다. 최신식 게임기답게 높은 점수가 나오면 사진이 기록으로 남는다. 부녀가 즐겁게 웃으면서 한 게임에서 1등을 하니 양손으로 브이를 만들고 찍은 아이의 사진이 화면을 가득 채운다. 아빠를 닮아 승부욕이 강한 딸아이가 행복한지 기계 앞에서 신나게 몸을 흔든다. 춤을 추는 아이의 모습이 유독 더 사랑스럽게 느껴진다.

늦은 저녁이지만 얼음을 동동 띄운 아메리카노도 한 잔 사서 아내와 함께 나눠 마신다. 비록 평소보다 퇴근이 늦었지만 소소한 행복들로 가득 채워진 저녁을 보낼 수 있었고, 다행히 잠자리에 드는 시간은 예전과 같았다.

예기치 않은 일들로 가득한 인생에서 소중한 사람들과 함께 즐거운 시간을 보내는 것보다 더 중요한 것이 과연 있을까? 꽃게는 하루 지나도 먹을 수 있지만 짜증으로 우울하게 흘려보낸 하루는 결코 돌이킬 수 없다.

유난히 무거운 몸을 이끌고 퇴근한 저녁, 아내와 딸과 함께 행복하기로 결정하고, 음식물 쓰레기를 분리수거장이 아닌 냉동고에 넣는다. 음식물 쓰레기는 주말에 버리면 된다.

불량 해마

　강남 한복판에는 서울 도심에 어울리지 않는 '경기'라는 이름을 가진 고등학교가 있다. 정문에서 학교 건물까지는 오래된 역사만큼이나 긴 오르막이 있고, 울타리 너머에는 학교만큼이나 큰 절이 있다. 학생들은 배가 고플 때면 머리가 무거워졌다는 핑계를 대며 도심 속 천년 고찰을 방문해서 끼니를 해결하기도 한다. 종교 특성상 식단에서 고기는 빠지지만 인심이 더해진 사찰 음식은 담을 넘어온 학생들의 주린 배를 부족함 없이 채워준다. 나 역시 '절밥의 추억' 때문인지 20년이 지난 지금도 삼성동을 지날 때면 학교보다 절이 더 반갑게 느껴진다.

　직장이 모교와 가깝다 보니 가끔씩 예기치 않게 동창들의 얼굴을 보게 된다. 조부께서 지어주신 독특한 이름 덕분인지 친구들은 나를 보자마자 "어~" 하며 반갑게 이름을 부른다. 나른한 오후, 쌍둥이 자매와 다정히 들어오는 안경을 쓴 중년 남성과 눈을 마주쳤다.

"어~ 류귀복" 하며 반갑게 이름을 부른다.

나는 "어?" 하며 기억을 담당하는 뇌의 기억중추인 '해마'를 가동하려 노력한다. 해마는 연식이 그리 오래되지도 않았는데 매번 중요한 순간에 버벅거린다. 눈치가 빠른 그가 나의 기억중추를 대신하여 본인의 이름을 이야기해준다. 이름을 들어도 쉽게 추억이 떠오르지 않는다. 당황스럽지만 내색하지 않는다. 세월이 앗아간 기억을 대신하여 쌓인 연륜을 바탕으로 모든 추억이 되살아난 듯 반갑게 인사하고 전화번호를 주고받는다. 나를 보고 환하게 미소 지은 그의 표정을 미루어 과거의 관계를 짐작한 후, 돌아가는 길에 케이크도 하나 사서 선물한다.

귀가와 동시에 양말도 벗지 않고 방에 들어가 졸업앨범부터 찾았다. 다행히 해마가 앨범의 위치는 정확히 기억하고 있다. 선반에서 앨범을 꺼낸 후 펼쳐보니 낯익은 얼굴들이 나오는 페이지가 보인다. 학생들을 '스머프'로 변장시키는 파란색 반팔 하복을 입고 다보탑과 석가탑 앞에서 환하게 웃으며 찍은 사진과 추억이 졸업앨범에 고스란히 담겨 있다. 불국사에서 찍은 미소를 보이는 나의 어릴 적 앳된 얼굴이 보이고 바로 옆에 친구가 있다. 석가탑 옆에도 있고 다보탑 옆에도 있다. 사진의 도움을 받아 잊어버린 기억들을 되찾기 시작한다.

졸업앨범을 덮고 고교 시절 추억이 담긴 다른 앨범을 펼치니, 수학여행의 추억을 함께했던 친구와 여름방학에 용달차의 화물칸을 얻어 타고 제부도를 여행하며 찍은 사진이 보인다. 그날은 갑작스럽게 폭우가 쏟아져 물이 방으로 넘쳐 들어왔고, 덕분에 숙박업소 사장님 소개로 옆방 여학생들과 예정에 없던 합방을 하게 되었다. 인생의 첫 미팅(?)을 함께했던 친구를 몰라봤던 것이다. 해마는 어디 가서 살 수도 없는데 이런 일이 점점 더 늘어나기만 한다.

그날 저녁, 기프티콘과 함께 친구에게서 메시지가 도착했다. 군대 이후로 오랜만에 만나서 반가웠다며 아이스크림 케이크 교환권을 보내왔다. 그가 말하는 '군대'가 어떤 기억을 의미하는지 또다시 생각이 안 난다. 작동하지 않는 해마를 붙들고 한참을 씨름하니 다행히 다시 정상 가동을 한다. 운전병으로 복무 중일 때 앰뷸런스를 운행해서 사단 의무대에 간 적이 있었다. 고참들이 없는 틈을 타 달려간 PX에서 갑자기 누군가 내 이름을 불렀다. 세상에 비밀은 없다더니 몰래 PX에 온 걸 딱 걸렸다. 과자 대신 욕으로 배를 채울 생각에 급격히 우울해졌다.

나를 부르는 낯선 목소리에 뒤돌아서 보니 다행히 중대 선임은 아니다. 모르는 사람이지만 벽돌 수를 보고 반사적으로 관등성명을 한다. "이병 류귀복." 신병의 군기를 가득 실어 목이 터져라 소리친다. 목소리라도 커야 저녁 점호 시 선임병들의 갈굼이 줄어들 것만 같다. "나야, 나, 김○○" 하고 자신의 이름을 말하지만 벽돌 하나가 얹어진 모자 때문인지 어리바리해진 나는 그를 기억하지 못한다. 전자레인지에 돌린 핫바와 냉동 만두가 입에 들어가고 나서야 긴장이 풀리며 서서히 기억이 되살아나기 시작한다. 어렵게 기억을 되찾고 나서야 고교 동창과 반갑게 이야기 나눌 수 있었다.

짧은 만남이 끝나갈 때, "눈 감아봐. 뭐가 보이나?"라는 질문에 "아무것도 안 보입니다" 하고 답하면 "그래, 그게 너의 남은 군 생활이다"라고 앞이 깜깜한 나의 군 생활을 친절히 설명해주던 내무반 선임보다도 전역 예정일이 빠른 그가 세상 모든 걸 다 가진 것처럼 부럽게 느껴지기도 했다.

그렇다. 나의 해마는 연식이 오래되어 정상 작동을 안 하는 게 아니었다. 애초부터 불량이었다.

쌓인 눈이 서서히 녹기 시작하는 오후, 서른 살 정도로 추정되는 선한 인상의 여성이 머뭇거리며 들어온다. 입고 있는 아이보리색 패딩이 날씨와 잘 어울린다. 접근하는 몸동작에서 예사롭지 않은 기운이 느껴지나 의심할 여유가 없어 바로 진료과로 안내해주었다. 잠시 후 촬영 대기자 목록에 반가운 이름이 확인된다.

"선생님" 하고 반갑게 그녀에게 인사했다. 행정부서 직원인데 사복에 사원증 없이 마스크를 쓰고 있어서 알아보지 못했다. 오며 가며 마지막으로 봤을 때는 배가 많이 불러 있어 임신 소식을 알 수 있었는데 지금은 다시 들어가 있다. 축하 인사와 함께 안부를 물으니 사랑니 발치 때문에 왔다고 한다. 그녀가 회의실 대관 업무를 담당했을 때 도움을 여러 번 받았다. 은혜는 꼭 갚는 성격이다. 기회가 왔으니 친절하게 설명해주고 예약까지 잘 도와주었다.

다음 날, 육아휴직 중인 그녀에게 사내 메신저로 연락이 왔다. 휴직 중 사내 메신저를 사용할 정도면 그녀에게는 매우 중요한 일이라 짐작되었다. 발치 전과 후에 복용하는 항생제 때문에 2주가량 모유 수유를 중단하는 게 걱정이라며 답답한 마음에 연락했다고 한다. 출산한 지 두 달도 안 된, 모성애가 한참 넘치는 시기이니 그녀의 고민이 이해가 되었다.

담당 선생님을 찾아가 상황을 설명하고 자문을 구한 뒤, 아이가 본인보다 우선인 그녀에게 진통제를 복용하면서 발치를 연기하는 것과 한쪽만 먼저 발치하여 모유 수유의 중단 기간을 줄이는 옵션 등을 설명해주었다. 여전히 고민은 남아 있지만 나의 노력이 잘 전달되었는지 고마워하는 그녀의 마음이 메시지창의 글로 온전히 전달되었다.

오작동을 반복하는 나의 해마도 받은 도움은 잊지 않고 잘 기억하고 있다. 이처럼 타인을 배려하는 마음이 지닌 힘은 강해서, 일단 가동되면 쉽게 잊히지 않는다. 그래서 고마운 은사의 얼굴은 평생 잊으려야 잊을 수가 없다.

기억력이 평균에 한참 못 미치지만, 절밥의 추억은 잊지 못하고, 대외 평가 일정에 맞춰 회의실을 빌릴 수 없어 당황하던 때에 도움을 준 직원은 기억한다. 누군가에게 잊히지 않는 사람으로 기억될 수 있도록 오늘 하루도 조금 더 양보하고 배려하기로 결심한다.

더불어 기억해야 할 일들도 기억하기 힘든 게 인생이다. 기억 안 해도 되는 불필요한 일들을 기억해서 가뜩이나 부족한 뇌의 용량을 차지하고 있는 건 아닌지 점검해볼 필요가 있다. 누군가에게 서운했던 일, 억울했던 일, 가슴 아팠던 일 등을 기억에서 지우면 자연스럽게 좋은 기억들로 채울 공간이 마련된다. 그러다 내 저장 장치가 꽉 차면 이웃의 해마를 이용하면 된다.

아웃포커싱

방사선과가 적힌 학생증을 발급받고, 첫 학기에 '방사선감광학'이라는 과목을 수강했다. 당시에는 대형병원이나 일부 의원에서만 디지털 촬영이 가능했고, 상당수 병의원에서는 엑스레이 촬영을 필름으로 진행했다. 어두운 암실에서 촬영된 필름을 현상하고 현상액과 정착액을 교환하는 것이 방사선사의 역할이다. 그에 따라 학사 과정 중에 필름 현상과 관련된 과목이 필수로 포함되어 있었고, 수업은 이론과 실습을 병행하여 진행되었다.

햇살 좋은 봄날, 네 명씩 한 조를 이루어 필름 카메라를 들고 교내 이곳저곳으로 흩어져 촬영을 했다. 각자의 취향대로 머리색을 바꾼 신입생들은 이목을 집중시킬 수 있는 다양한 포즈를 취한 후 셔터를 눌렀다. '딸칵' 하는 작고 경쾌한 소리와 함께 손가락에 미세한 진동이 전해지면 결과물이 궁금해지기 시작한다. 어두운 암실에 들어가 필름을 꺼내 현상과 정착 과정을 거치면 비로소 궁금증이 해소된다. 쉽게 찍고 지울 수 있는 디지털카메라와는 다르게 필름 카메라는 한 장, 한 장에 모든 정성을 쏟아야 한다. 인화된 사진을 손에 쥐면 가장 먼저 시선이 눈으로 향하게 되고 사진 속에 인물들이 모두 눈을 뜨고 있으면 안도가 되면서 전체적인 사진을 감상할 수 있다.

엑스레이 영상을 흑백으로 현상했던 특성상 학교 실습에서는 흑백으로 사진을 인화했다. 동기들과 함께 촬영한 사진은 색상이 빠졌을 뿐인데 2003년이 1983년처럼 느껴진다. 흑백 사진만이 전해주는 특별한 매력 때문인지 그날에 대한 기억은 지금도 추억으로 남아 잊히지 않는다.

과거에는 두근거리는 마음으로 사진관에 가서 필름을 맡기고, 며칠 후에 다시 가서 맡겨둔 설렘과 함께 사진을 찾아왔다. 번거로운 과정을 거치면서 비용도 지불했던 시절이다 보니, 카메라로 촬영한 사진을 직접 인화할 수 있는 행위는 멋있는 능력의 범주에 포함되었다. 타인으로부터 부러움의 시선을 받는 작업을 직접 처리하던 방사선사들은 자연스레 취미가 사진 촬영인 경우가 많았다. 이러한 특성으로 병원 관계자들에게 방사선사가 사진도 잘 찍는다는 인식이 퍼지기도 했다.

시간이 지나 필름이 디지털로 전환되면서 현상 과정이 불필요해지게 되었고, 일반 카메라에 대한 방사선사들의 관심 또한 덩달아 낮아지게 되었다. 어느덧 카메라 셔터보다 스마트폰 버튼이 더 익숙한 세대가 신규의 자리를 차지하기 시작했고, 방사선사들이 특별히 사진을 더 잘 촬영했던 시대도 서서히 막을 내릴 준비를 하고 있었다.

선배 방사선사들이 고급 사양의 카메라를 들고 에베레스트산 정상에 올라 태극기를 들고 촬영한 사진을 바라보면서 사진 촬영에 대한 욕심이 생겼지만 딱히 배울 기회가 없었다. 그러던 와중에 작고 가벼운 스마트폰이 무거운 DSLR(Digital Single-Lens Reflex) 카메라를 대신하게 되었고, 커다란 카메라 대신 작은 스마트폰으로 사진을 촬영하는 게 오히려 더 자연스럽게 되었다. 버튼 하나만 누르면 주변이 흐려지면서 인물이 부각되는 아웃포커싱이 쉬워졌고, 10초만 투자하면 어두운 피부도 밝게 수정할 수 있다. 입사 초기부터 부서의 크고 작은 행사를 준비하고 진행하면서 사진 촬영 업무도 함께 맡고 있다 보니 기술의 발전이 유독 고맙게 느껴진다.

아이가 커가면서 그 모습을 더 선명히 기록으로 남기기 위해, 의지는 있었지만 미뤄왔던 스마트폰 사진 촬영에 대해 공부하기 시작했다. 빛의 역할, 구도와 각도의 중요성에 대해 점차 이해하게 되면서 아웃포커싱에 무한 애착을 갖게 되었다. 습득한 기능을 활용하면 배경이 흐려지고 인물이 부각되면서 아이의 미소가 더 예쁘게 담긴다. 어느덧 사진을 주로 찍히던 삶에서 가족의 사진을 찍어주는 삶으로 변해가고 있었던 것이다.

카메라 렌즈를 통해 아이의 미소를 담다 보면 흐뭇하게 웃고 있는 나를 발견하게 된다. 우는 모습조차 사랑스러웠던 출생 직후부터 '엄머', '압빠'를 옹알거리는 시절을 포함하여 아이의 성장 과정이 모두 사진과 함께 추억으로 저장되고 있다. 셔터를 누르는 매 순간이 우리 가족의 가장 젊고 행복한 시절이기에 인물이 강조되는 사진을 기록으로 남기는 것은 그만큼 의미가 더해진다.

유치원 행사 날에는 '일일 VJ'가 되어 숙지한 기술을 바탕으로 아이와 친구들의 하루를 열심히 카메라에 담아서 아내를 통해 엄마들에게 전달한다. 원하는 카메라 각도를 유지하기 위해 뛰어다니는 아이들의 키에 맞춰 엉성한 자세로 스마트폰을 들고 따라다니던 유별난 한 아빠의 행동을, 사진을 받고 나면 어느 정도는 이해할 수 있게 된다. 단톡방에 있는 엄마들 프로필 사진이 촬영 결과물로 하나둘씩 채워지면 뿌듯함에 절로 미소가 지어진다. "남편분이 사진작가신가 봐요?"라는 질문을 받았다는 소식을 듣는 것으로 자칭 아마추어 사진작가로서 전날 흘린 땀에 대한 충분한 보상이 된다.

촬영한 사진이 누군가의 프로필 사진으로 올라가는 경우가 점점 많아지면서 사진을 전송하는 것이 단순히 전달하는 행위를 넘어 선물하는 의미를 갖게 되었고, 누군가의 가장 젊고 소중한 순간을 사진으로 남기는 행위가 더 이상 일이 아닌 보람으로 느꺼지기 시작했다.

부서의 비공식 사진 촬영 담당자로서 직장 내 행사가 있으면 가장 먼저 단상에 올라간 주인공의 얼굴을 렌즈에 담아준다. 이후 꽃을 들고 있는 당사자는 주연이 되고 동료 직원들은 하나둘씩 조연이 되어 단체 사진을 촬영한다. 누군가의 가장 빛나는 순간을 더욱더 빛나게 만들어주기 위해 버튼을 누르는 손길에 정성을 더한다. 주인공이 돋보이는 구도와 각도로 조정한 후 프레임 안에 원하는 모습이 포착되면 동그란 버튼을 꾹 누른다.

근속 직원 포상이 있는 날이면 10주년에서 30주년으로 앞자리 숫자가 높아질수록 주인공의 얼굴은 더 환해지고 조연들의 박수 소리는 더욱 커진다. 정년퇴직 직원이 있는 경우에는 기념패와 현수막이 등장하기도 한다.

가슴에 사직서를 품고 가족을 위해 버텨낸 세월이 긴 사람일수록, 삶에 아픔이 많은 사람일수록 사진에 물방울이 포함될 가능성이 높아진다. 눈물 속에 포함된 기쁨과 슬픔이 가진 지분의 양은 사람마다 다르고, 손가락으로 버튼을 누르며 만들어내는 기록은 사연에 따라 깊이가 더해진다.

혈액암을 진단받은 현역 대령 한 분이 복직을 하지 못하고 병원에서 전역을 하게 되었다. 급하게 마련된 작은 행사에 사진을 담당할 사람이 없었다. 우연한 계기로 입원 환자를 위한 방사선 기록이 아니라 사진 기록을 남기기 위한 촬영자로서 자리에 함께하게 되었다. 병원 로고가 새겨진 환우복을 입고 있는 대령에게 다가오는 군복 입은 남성의 어깨와 이마에 별이 한 개 달려 있다. 작은 별 하나가 가진 의미는 상당히 커서 군복을 입은 수행원 세 명이 그와 동행한다. 소위로 임관해서 별이 하나인 준장이 되는 것을 '하늘의 별 따기'라고도 하는데, 군 복무 시절에는 부대에 준장이 방문한다는 소식이 들리면 장교부터 일반 사병까지 모두가 긴장했다. 마흔이 넘어 사회에서 '원 스타'를 만나게 되니 묘한 감정이 든다.

　장군님이 직접 전역증을 전달하기 위해 병원까지 방문한 것을 보면 국가를 위해 헌신한 그의 군 생활이 지닌 의미가 결코 작지 않음을 알 수 있다. 오랜 투병으로 인해 잠시 서 있기조차 버거워 보이는 여린 몸의 환우는 사단장님이 등장하자마자 늠름한 군인의 모습이 된다. 경례를 하는 손의 각도와 시선 모든 것이 완벽하다. 소위로 임관해서 대령이 되기까지 30년 가까운 세월이 습관으로 만들어준 자세를 가까이에서 지켜보면서 카메라 렌즈에 담았다.

　전역증을 전달받는 그의 곁에는 수십 년 세월을 함께한 아내가 있다. 남편이 국가의 안보를 지키기 위해 봉사했던 오랜 기간, 아내는 가정을 지키기 위해 많은 희생을 감수했다. 전역 소감에 귀를 집중하면 할수록 프레임 안에서 조연이었던 그의 아내가 점점 더 눈에 띄기 시작한다. 하늘의 별을 따는 것처럼 어려운 스타가 되기 위해 긴 어려움을 헤쳐온 그의 삶에는 달처럼 은은

하게 길을 비춰준 아내가 있었다. 직장생활을 유지해야 했던 그녀는 남편의 주기적인 복무지 이동으로 가장과 떨어져 있으면서도 두 아들을 잘 양육했다. 아내에 대한 고마움이 전해지자 모두의 눈시울이 붉어지기 시작했고, 아빠와 멀리 떨어져 서울 소재의 명문 대학교에 진학한 두 아들은 부모의 삶에 별처럼 반짝이는 희망으로 성장했다.

현역병 시절 그렇게 우러러보이던 별을 달고 있는 준장보다 남편의 병간호를 위해 묵묵히 헌신해준 아내가 있는 대령이 더 돋보이는 순간이다. 그가 비록 군복에 별을 달지 못하고 예비역 대령으로 전역하게 되었지만, 직업보다 의미 있는 가족이라는 캔버스에 아내라는 달과 자식이라는 별이 아름답게 조화를 이루며 그려져 있는 귀중한 시간을 보내온 듯하다.

국가를 위해 헌신한 그와 가족의 고귀한 희생에 대한 보답으로 그의 건강이 회복하길 소망하며 촬영한 사진을 정리하여 전달한다. 이날은 누군가의 의미 있는 순간을 카메라 프레임 안에 담아 기록으로 남기는 것이 눈을 통해 기억으로 저장되어 내 삶에 작은 선물이 되었다.

주인공이 빛나는 사진을 촬영하기 위해서는 반드시 주변에 무엇이 필요하다. 그것은 멋진 배경일 수도 있고, 사람일 수도 있다. 텅 빈 배경의 증명사진만으로는 큰 울림은커녕 작은 감동도 줄 수 없다. 멋진 사진이 완성되려면 흐릿한 배경의 조연보다 중요한 조건이 한 가지 더 있는데 그건 바로 프레임 밖에 있는 스태

프다. 투병으로 이른 전역을 할 수밖에 없었던 대령님의 전역식 사진이 감동적일 수 있었던 이유는 경례하는 그의 곁에서 흐릿하게 아웃포커싱 된 아내와 프레임 밖에 있는 두 아들 덕분이었다.

딸아이의 유치원 행사에서 촬영한 사진이 엄마들의 프로필 사진으로 선택되었던 이유 역시 카메라에 빛이 잘 담기는 햇살 좋은 야외에서 환하게 웃는 아이들을 촬영했기 때문이다. 아이들의 행복한 미소가 없다면 아무리 좋은 구도와 각도를 사용해도 예쁜 사진이 나오지 않는다. 그리고 아이들은 카메라 프레임 밖에서 자신들을 바라보며 즐거워하는 가족들이 있어야만 아웃포커싱 되며 웃을 수 있다. 사랑하는 사람의 행복이 두드러지길 바란다면 곁에서 흐릿하게 있는 조연이 먼저 행복해지면 된다.

사진에 아웃포커싱 효과가 적용되면 피사체의 모습이 강조되면서 주변이 흐려지고 감성이 더해진다. 그리고 사진 속 인물은 반드시 주변에 무엇이 있어야만 부각될 수 있다.

텅 빈 배경의 증명사진이 될 뻔한 인생을 시끌벅적한 단체사진으로 바꾸어준 소중한 사람들을 향해 입꼬리를 살짝 올리고 눈꼬리는 살짝 내리며 따스한 말을 건네보자. 우리의 가장 젊은 날이 웃는 모습으로 아름답게 기록될 것이다.

존버하자

500그램. 성인 남성의 주먹보다도 작은 여자아이가 세상에 태어났다. 이제 막 아빠와 엄마가 된 부부는 떨리는 손길로 조심스럽게 탯줄을 자르고 핏덩어리 아기를 안아보는 평범한 출산의 즐거움을 느낄 여력이 없었다. 태어난 아기는 작은 입에 관을 넣고 몸을 기계에 연결한 후 다급히 신생아 중환자실로 옮겨졌다.

발을 쭉 펼 수도 없을 정도로 비좁았지만 충분히 안락했던 엄마 품을 떠난 여아는 인큐베이터에 몸을 뉘었고, 아빠와 엄마는 각자의 자리에서 멈추지 않는 눈물을 소리 없이 훔칠 수밖에 없었다. 더 오래 품어주지 못해 울음조차 크게 내지르지 못하는 아기를 생각하면, 소리 내어 우는 것조차 미안하게 느껴졌다. 침대에서 벽을 향해 누워 조용히 눈물을 훔치는 아내를 묵묵히 위로하는 남편의 눈 역시 퉁퉁 부어 있다. 평생 배필을 만난 후, 10년 가까이 간절히 기다려 왔던 아이와의 첫 만남이 이렇게 가슴 아픈 순간이 될 것이라고는 감히 상상조차 하지 못했다.

작고 다부진 체격에 반달눈인 아기 엄마는 말과 애교가 많고, 짜증이나 화를 내는 일이 거의 없다. 시대를 초월하는 공감 능력을 소유한 것이 가장 큰 특징이라 남녀노소 모두에게 친근하고 친절하다. 비정규직이 많은 부서 특성에 따라 송별회가 자주 열리는데, 그중 가장 기억에 남는 주인공이 바로 아기 엄마가 된 'K' 치과위생사다. 나누는 술잔의 양만큼이나 눈물의 양이 많았기 때문이다.

내 기억으로는 TV로 시청했던 남북 이산가족 상봉 행사 다음으로 눈물을 많이 본 날이다. 이별의 인사를 나누는 모든 여직원이 얼싸안으며 함께 눈물을 흘렸고, 구석진 테이블에 앉아 있는 무뚝뚝한 남직원 네 명의 눈가만이 건조했다. 많은 사람의 눈가가 촉촉했던 사실로 미루어보아 그녀는 좋은 직원이자 동료였음이 분명했다.

퇴직을 하고 4년이 지난 후 치과위생사 정규직 모집 공고가 올라왔을 때, 그녀는 부서장과의 두 번째 면접을 준비했다. 오랜만에 꽉 끼는 불편한 옷을 입고 심장의 움직임을 빠르게 만드는 마법의 의자에 앉아 질문에 답을 한 결과, 한 직장에서 두 번째 사원증을 받는 데 성공했다.

처음인 듯 처음이 아닌 그녀는 반달눈이 더 반달이 되어 돌아왔다. 처음 입사 때와는 다르게 이제는 곁에 남편이 있었다. 결혼을 하고 평생직장을 갖게 된 'K' 위생사에게 이제 남은 바람은 단 하나, 아이가 생기는 것이었다.

그런 그녀의 출산 소식을 듣고도 축하 연락을 할 수가 없었다. 너무 이른 출산으로 얼마 전 선물했던 예쁜 옷을 아이가 입어보지 못할 수도 있겠다고 생각하니 마음이 무거워졌다. 혹시나 하는 기대로 초록창에 미숙아 출산을 검색해보니 '로비에 성당이 있는 건물'에서 550그램으로 태어난 아이가 무사히 퇴원한 기사가 나온다.

'기적'으로 표현되는 그 사실이 한 줄기 희망이 되면서, 무게조차 느끼기 힘든 500그램의 작은 아기도 기적의 주인공이 되기만을 간절히 소망했다. 생존율 20퍼센트 미만의 초극소 미숙아를 출산한 산모는 산후조리도 제대로 못 하고, 계속 눈물만 훔치고 있다고 해서 병실에는 올라가보지 못했다. 무소식이 희소식이라는 심정으로 그녀의 연락이 없도록 기도하는 것 외에는 할 수 있는 게 없었다. 그렇게 몇 개월의 시간이 흘렀고, 다행히 그녀의 연락은 없었다.

1년 3개월 후, 'K' 위생사의 복직 날이 되었다. 다들 귀에 피날 준비하고 있으라는 아기 엄마의 살벌한 경고에도 모두가 미소를 지으며 그녀의 복귀를 기다린다. 엄마를 닮아 씩씩한 아이도 안과 수술을 잘 이겨내고 무럭무럭 성장하고 있다. 작디작은 몸으로 태어나서 정상적인 성장 과정을 거치기 위해 얼마나 많은 어려움이 있었을지 가늠조차 하기 힘들었다.

오랜만에 얼굴을 마주한 뒤, 아이의 소식에 대해 궁금해하는 나에게 그녀가 가장 먼저 내 이름과 관련된 이야기를 꺼낸다. 인큐베이터에서 홀로 버티고 있는 아이에게 엄마로서 해줄 수 있는 게 이름을 지어주는 것밖에 없었다고 한다. 정말 좋은 이름을 갖게 해주고 싶은 마음에 산후조리를 포기한 채, 백팩을 메고 유명하다는 작명소를 두루 찾아다니면서 특히 내 생각이 많이 났다고 한다.

'류귀복(柳貴福)', 귀할 귀에 복 복.

얼마나 귀한 자식이었으면 이름을 '귀복'으로 지어주었을까를 생각하며, 내 이름같이 귀한 이름을 아이에게 지어주고 싶었다고 한다. 40년 넘게 모르고 지냈던 내 이름 속에 숨겨진 비밀을 그녀를 통해 알았다.

내 딸의 이름에도 사연이 있다.

'류서아(柳恕婀)', 어질 서에 아름다울 아.

살면서 아이의 이름을 가장 많이 불러줄 사람이 엄마일 것 같아서 부를 때마다 애정이 더해지길 바라는 마음으로 아내에게 작명을 부탁했다. 불의를 보면 참지 못하고 욱하고 달려드는 아빠의 기질이 여자아이에게 전달되는 일이 없길 바라며, 어질고 아름답게 성장했으면 하는 마음이 더해진 이름이다. 이처럼 생김 새만큼이나 다양한 이름 속에는 저마다의 숨겨진 의미와 사랑이 담겨 있다.

'김다은(金艍隈)', 뿔밑동 다에 도지개 은.

500그램으로 태어나 인큐베이터 안에서 생과 사를 다투는 아이를 위해 얇은 외투가 어울리는 가을날, 두꺼운 양말과 패딩 으로 산후조리를 대신하며 여러 작명소를 찾아다니면서 어렵게 얻은 이름이다. 뿔밑동 다에 도지개 은. 발음도 어려운 처음 보 는 한자들에서 엄마의 각별한 사랑이 느껴진다. 작게 태어났지만 '높고 큰 중요한 위치'를 가지라는 이름에 담긴 엄마의 바람을 이 루기 위해 다은이는 하루가 다르게 무럭무럭 성장하고 있다.

때를 놓치지 않고, '독서 전도사'라는 부캐로 변신하여 'K'에 게 독서를 권한다. 육아 서적을 읽으면 아이가 더 사랑스러워지 면서 거짓말처럼 육아가 즐거워진다고 이야기하며, 아이와 아빠 의 자존감이 동시에 높아진다는 사실까지 잊지 않고 전한다.

긴 간증의 시간을 끝내고 그녀에게 맞춤형 독서 방식을 추천 한다. 지하철로 출퇴근하는 그녀는 아직 잠이 부족할 수밖에 없 으니 아침 시간은 부족한 수면을 취하고, 자리에 앉지 못하는 퇴근길에는 전자책을 읽을 것을 권한다. 그랬더니 'K'는 발달이 느린 아이 때문에 발달 관련 서적을 엄청 열심히 읽었다고 하면서, 책에서 배운 대로 꾸준히 아이와 운동을 하고 노력한 덕분에 아이의 발달이 예상보다 빨라졌다고 덧붙인다. 대화가 잘된다고 생각했더니 역시 바탕에는 독서가 있었다.

출산 후 시작한 본인의 다이어트는 아직까지 평생 숙제로 남아 있지만 아이의 발달에는 성공한 그녀를 보면 알 수 있듯이, 여자는 연약할 수 있지만 엄마가 되면 강해진다. 늘 느끼지만 이 세상에 모성애보다 강한 힘은 존재하지 않는 듯하다.

출산 직후 마음 아파했던 'K'에게 남편이 전했던 위로도 많은 공감이 된다. 당신이 좋은 직장에서 근무한 덕분에 우리 아이가 이렇게 좋은 환경에서 하루하루 성장하고 있어서 다행이라는 남편의 위로는 내가 느끼는 감정과 비슷하다. 응급실과 외래주사실, 류마티스내과가 있는 직장에서 근무하고 있는 덕분에 직장생활을 계속 유지할 수 있기 때문이다.

'로비에 성당이 있는 건물'은 내게 직장을 넘어선 감사함이 있는 곳이다. 급여 인상보다 의료진들의 따뜻한 말 한마디와 전해지는 손길이 더 고맙게 느껴지기도 한다. 힘든 와중에서도 감사한 일을 찾아가며 애사심을 함께 높여가는 동지가 생긴 것 같아 기분이 좋아진다.

신생아 중환자실 면회 시간이 끝나갈 때면 주변 엄마들의 표정은 다들 어두웠지만, 그녀는 주먹을 불끈 쥐고 밝게 웃으며 "다은아, 존버하자"라고 씩씩하게 인사하며 나왔다고 한다. 간호사 선생님들은 귀를 의심하며 "존버요?"라고 반문하면서 "남편분은 오실 때마다 오열하고 가셔서 저희가 매번 위로해드리느라 고생했어요"라고 덧붙였다고 한다. 산부인과 병동에서 퇴원을 하고 강인했던 'K' 위생사가 마음을 추스르고 다시 씩씩해졌을 때, 그녀의 남편은 본분을 다한 듯 다시 소녀 감성으로 돌아간 것이다.

다은이 엄마는 인큐베이터 안에 있는 1킬로그램도 채 안 되는 작은 생명이 엄마의 말을 들을 수 있을 것이라 굳게 믿었다. 그래서 다은이를 보고 나올 때마다 "다은아, 존버하자"라고 씩씩하게 응원하며 나왔고, 결국 그녀의 바람대로 다은이는 '존버'에 성공해서 무사히 퇴원할 수 있었다.

친구들의 7분의 1 크기로 세상에 태어난 다은이도 엄마의 믿음과 의료진의 손길에 살고자 하는 의지가 더해져 존버에 성공했다. 누워만 있던 작은 몸이 어느덧 뒤집기에 성공해서 기어 다니더니 이제는 일어서기까지 한다. 출생과 동시에 기적을 일으킨 다은이에게 걷고 뛰는 것쯤은 일도 아닐 것이다. 씩씩한 엄마는 다은이의 성장 과정에서 늘 함께하며 어려운 순간이 다가올 때마다 '존버'를 외치며 응원할 것이다.

아직은 이런저런 걱정이 많을 수밖에 없는 다은이 엄마와의 대화를 마치며 "소녀 같은 남편과 소녀가 될 딸이 있어서 행복하지 않을 이유를 찾기가 더 어려울 것 같아요"라고 말을 전하니,

그녀의 눈이 다시 반달이 된다.

이틀 후 다은이를 만날 기회가 생겼다. 꽁지머리에 빨간색 니트가 유독 귀엽다. 엄마를 닮아 낯가림이 없어 이모와 삼촌들이 반갑다고 인사하면 눈을 찡긋하며 미소로 화답해준다. 15개월 다은이를 조심스레 안아보는데 너무 가벼워서 깜짝 놀랐다. 아직 채 10킬로그램이 되지 않는 아이는 한 손으로 받쳐도 전혀 무겁지가 않다. 가벼운 무게를 느끼는데 아이와 가족이 버텨왔던 시간의 무게가 비로소 무겁게, 아주 무겁게 전해지기 시작한다.

작게 태어났지만 '높고 큰 중요한 위치'를 가지라는 이름에 담긴 소망을 이루기 위해 다른 친구들이 다섯 배 성장하는 기간에 무려 20배 성장했다. 다은이는 앞으로도 분명 잘해 나갈 것이다. 그 와중에 다은이를 바라보는 엄마의 눈은 계속 반달이다. 입가에 미소가 떠나지 않는다. 어려움이 많았으니 그만큼 쌓인 정도 더 많았을 것이다. 오랜 기다림 끝에 찾아와준 아이가 어려운 시간을 이겨내고 엄마의 품에 안겼으니 얼마나 사랑스러울지, 감히 짐작조차 하기 어렵다.

복직하고 2주 만의 첫 휴가, 그녀는 영하의 날씨에 기저귀 가방을 메고 작디작은 아이의 혈관에 바늘을 찌르고 피를 뽑아 검사하기 위해 병원을 방문했다. 누군가의 시선에는 힘겹고 슬퍼 보일 수 있는 순간이지만 다은이를 안고 있는 그녀의 표정을 보면 세상 그 누구보다 행복해 보인다. 헤어지고 나니 다은이를 바라보던 엄마의 얼굴을 사진으로 남기지 못한 게 아쉬움으로 남는다. 힘들다고 느껴질 수 있는 순간들조차 사실은 행복이었음을 그녀의 반달눈을 보며 다시 한번 깨닫게 된다.

500그램의 작은 생명도 의지를 가지고 어려운 환경에서 끝까지 버티고 이겨내었는데 50킬로그램이 넘는 우리가 이겨내지 못할 일이 무엇이 있을까 싶다. 살다 보면 기적이 필요한 순간들에 직면하게 되는데 그럴 때면 어린 생명이 내었던 그 힘에 100배를 곱하여 초인적인 힘을 내어 어려움을 극복하길 바란다. 삶에 대한 의지와 절실한 믿음만 있다면 기적은 곧 현실이 될 수 있음을 다은이를 통해 배운다.

2021년 10월, '로비에 성당이 있는 건물'에서 500그램으로 태어난 다은이는 신생아 중환자실에서 150일을 머문 후 3.3킬로그램이 되어 퇴원했다. 병원을 떠나고 7개월이 지난 후, 다은이 엄마의 카카오톡 프로필 우측 상단에 빨간색 작은 점이 하나 생겼다. 클릭해보니 기다리던 문구가 적혀 있다.

2022. 10. 07.
엄마 아빠의 봄날이 되어준 다은이의 첫돌을 축하합니다.

사랑을 듬뿍 받고 성장한 다은이가 첫 생일에는 무려 8.2킬로그램이 되어 엄마와 아빠의 인생을 꽃피는 봄날로 만들어주었다. 이처럼 자식은 존재만으로도 부모의 사계절을 화사한 봄으로 만들어준다. 가족의 희망인 대한민국의 모든 이른둥이가 다은이처럼 끈질기게 버티는 데 성공해서, 건강하게 성장하길 진심을 담아 응원한다.

만약 세상에 나 혼자뿐이라고 여겨지거나 버티기 어려운 순간이 오면, 나의 존재만으로도 서늘한 가을바람을 따스한 봄바람으로 느끼시는 부모님을 생각하며 '존버'를 외치고 힘을 내길 바란다. 포기하지 않고 끝까지 버티다 보면 부모님이 지어주신 소중한 이름에 담긴 깊은 뜻을 이루는 날이 반드시 올 것이다.

시간은
'기브 앤 테이크'를
잘한다

오른손에 네 잔, 왼손에 네 잔, 입에는 물지 않는다. 이 경우에 지인을 만나도 피하지 않고 반갑게 인사할 수 있다. 평소에는 에스컬레이터를 이용하지만 커피 여덟 잔이 담긴 캐리어를 양손에 들고 있는 상황이라 엘리베이터로 이동한다. 2미터 정도의 거리를 남겨두고 엘리베이터 문이 닫히기 시작한다. 급박한 상황인데 열림 버튼을 누를 손이 없다. 그렇다면 지금은 발을 사용해야할 타이밍이다. 문과 문 사이에 30센티미터 정도 공간이 남았을때 재빠르게 남은 거리를 계산하고 발레리노처럼 오른발을 길게쭉 뻗는다.

'철컹' 하고 성공을 자축하는 벨이 울림과 동시에 문이 다시열리기 시작한다. 뿌듯함도 잠시, 열리는 문틈 사이로 정장을 말쑥하게 차려입으신 어르신의 뒷모습이 보인다. 반짝이는 세련된 구두를 착용한 그는 적당한 키에 다부진 어깨, 흰색 머리카락이 깔끔하게 빗질되어 있었다. 70대로 추정되는 그의 손은 엘리베이터 벽면 버튼 근처에 있었다.

나와 눈이 마주치니 중저음의 목소리로 "아이고, 미안합니다"라고 말하는 걸로 보아 아마도 닫힘 버튼을 누르려던 것 같다. 아니, 벽면을 향한 몸의 각도로 볼 때 버튼을 누르기 전일 가능성이 높다. 그의 몸동작은 나를 보고 난 이후 빠르게 닫힘 버튼을 누를 순발력까지는 없어 보였기 때문이다. 그가 누른 것이 아니라 시간이 되어 닫힌 것이다. 이 상황의 과실을 따진다면 닫히는 문을 다시 열어 그의 시간을 빼앗은 나에게 잘못이 있다. 교통사고로 치면 내 과실이 100퍼센트인 후방 충돌 사고다. 그런데 그가 먼저 나에게 사과를 한다. 특별할 것 없는 상황이 특별한 상황이 되어버렸다.

비슷한 상황에서 문을 수동으로 닫고 있다는 걸 들키지 않게 눈길은 피하지 않고 손가락만 길게 뻗어 닫힘 버튼을 반복해서 누르는 사람도 있다. 상대방은 모를 거라고 착각하지만 알 수 있다. 신이 우리에게 주신 '촉'이라는 감각 때문이다. 하지만 어르신은 나와 눈이 마주친 순간 닫힘 버튼 대신 열림 버튼을 누르지 못한 것을 미안해했다. 타인을 배려할 수 있는 기회를 놓친 것에 아쉬워할 줄 아는 그는 좋은 사람이 분명하다. '촉'이 왔다.

잠시 후, 엘리베이터가 3층에 도착했다. 문이 열리기 시작하는 순간, 그는 나에게 뒤돌아서 한 번 더 "미안했습니다, 좋은 하루 보내세요" 하고 인사를 건넨다. 살아온 세월만큼 배려가 몸에 깊숙이 배어 있는 듯한 행동이다. 긴 세월은 그의 빠른 판단과 즉각적인 행동 능력은 빼앗아갔지만, 대신 그보다 더 소중한 인자와 배려를 보상으로 준 것 같다.

첫인상이 결정되는 시간은 단 3초다. 그 짧은 시간 동안 어르신은 뒷모습만으로 나에게 '신사'라는 이미지를 각인시켰고, 그의 말과 행동은 시간의 흐름에 따른 깊이가 더해진 품격으로 전달되었다. 입에 커피를 물고 있지 않아 "감사합니다, 좋은 하루 보내세요"라고 정중히 90도로 몸을 숙여 인사할 수 있음이 감사할 정도다. 따뜻한 커피보다 따스한 사람의 온기가 힘든 하루를 지탱하는 데 더 큰 효과가 있다는 것을 깨닫는다.

주민등록번호 앞에 적힌 두 자리 숫자가 낮다는 이유로, 사회적 지위가 높다는 이유로 존중받고 싶어 하는 사람들이 있다. 병원이라는 특정한 장소에서 그 욕구가 더 커지는 경우도 많다. 하지만 존중은 강요할 수 있는 것이 아니다. 상대의 가슴에 깊은 울림을 주는 행동이 있을 때 존중은 자연스럽게 따르는 것이다.

때마침(?) 대학 졸업한 딸이 있는 50대 팀장을 아가씨라고 부르고, 60대 병원장의 이름을 함부로 호명하는 특권의식을 가진 명예교수가 들어온다. 타임머신을 타고 온 것도 아닌데 사용하고 있는 호칭은 늘 30여 년 전 그가 이곳에서 의사로서 가장 명예로웠던 순간에 머물러 있다. 안타깝지만 그의 욕심과는 다르게 명예는 이제 호칭에만 남아 있는 듯하다. 누군가와 같은 70년 넘는 세월을 살아왔지만 '존중은 남을 존중할 때 자연스럽게 따라오는 내 행동의 그림자 같은 존재'임을 아직도 깨닫지 못한 것 같다. 그에게 엘리베이터의 어르신 같은 친구가 있었다면 좋았을 텐데 안타깝다.

시간은 '기브 앤 테이크'를 잘한다. 우리에게서 늘 소중한 것들을 가져가고, 그 빈자리를 새로운 것들로 채워준다. 가져가는 순서는 랜덤이다. 가장 중요한 무언가를 먼저 가져가는 경우도 있고, 가장 마지막에 가져가는 경우도 있다. 이후 그 빈자리를 더 소중한 것으로 채우거나 그대로 비워두는 것, 아니면 가치 없는 것들로 의미 없이 채우기만 하는 것은 모두 우리의 결정에 따라 이루어진다. 만약 내게 중증 난치질환을 진단받기 전인 건강한 20대 시절로 돌아갈 수 있는 타임머신 티켓이 한 장 주어진다면 어떨까? 아마도 나는 사용하지 않을 것이다. 그곳에는 시간이 내게서 가져간 건강은 있지만 사랑하는 아내와 소중한 딸이 없기 때문이다.

열심히 살아온 사람에게는 그 어떤 아름다운 과거도 현재만 못하다. 과거가 더 아름다운 사람은 그보다 충분히 더 아름다울 수 있는 현재를 제대로 누리지 못하는 삶을 살고 있는 것이 아닐까. 포기하고 싶지 않은 현재를 만드는 건 결국 개인의 선택이다.

지금 이 순간에도 환상 속에만 존재하는 타임머신의 티켓을 구하기 위해 아등바등하는 사람들이 있을 텐데, 그들 중 하나가 되는 것을 과감히 포기하고, 소소하고 아기자기한 행복으로 가득 채워진 오늘을 아름답게 가꿔나가기 위해 기꺼이 시간을 사용했으면 한다. 물론 아픔이 있을 수도 있다. 하지만 사랑하는 사람과 함께라면 그 아픔까지도 포기하고 싶지 않은 소중한 추억이자 삶의 원동력이 될 수 있다.

3부

아빠는 일인다역

방사선사의
환자 겸임

취업 규칙에는 겸임이 금지되어 있는데 현실은 다들 겸임을 하고 있다. '부모'와 '자식'을 겸임하기도 하고 '남편'과 '아내'를 겸임하기도 한다. 그리고 나이가 들면서는 '환자'를 겸임하는 사람들이 한두 명씩 늘어나기 시작한다. 나는 조금 이른 나이에 중증 난치질환인 강직성 척추염을 진단받고 남편과 자식이라는 겸임에 '환자 겸임'을 추가하게 되었다.

강직성 척추염 발병 당시는 다시 기억을 떠올리는 것조차 싫을 정도로 힘들었다. 눈 망막에 염증이 생기는 포도막염도 치료가 잘 안 되었고, 눈에 맞는 주사의 공포와 슬픔은 살에 맞는 것과는 비교가 안 되었다. 달갑지 않은 원형 탈모도 지속되었고, 30도 정도 굽어진 왼쪽 팔은 한동안 펴지지 않았다. 진단이 어려운 질환인데 불행 중 다행으로 정형외과 교수님이 적절한 시기에 류마티스 질환을 의심하여 의뢰서를 작성해주었다. 류마티스 내과에서 MRI와 엑스레이 촬영, 피검사를 진행한 후 정확한 진단을 받았다.

강직성 척추염에 사용하는 주사제의 경우 효과는 뛰어나지만 가격이 비싸다. 그러나 희망은 있다. 진단받은 후 약효가 크게 없음에도 여러 종류의 약을 일정 기간 복용하면 급여가 적용되어 본인 부담액이 10퍼센트로 줄어든다. '인간이 되고 싶은 곰이 100일 동안 쑥과 마늘만 먹고 버틴 것 같은 인내'로 3개월을 견디면, 중증 난치 산정 특례가 적용되어 100만 원이 넘는 주사제를 10만 원 정도만 부담해서 맞을 수 있다.

첫 주사는 입원해서 진행했다. 왼쪽 팔에 바늘이 꽂히고 '레미케이드'라는 약이 연결되었다. 간혹 약효가 안 나타나는 경우도 있다고 해서 두려움 반, 설렘 반으로 잠시 눈을 감았는데, 긴장이 풀렸는지 깜박 잠이 든다. 두 시간여의 투약이 끝날 때 즈음 눈이 떠졌고 그 순간 기적을 경험했다.

아픔이라는 단어를 더 이상 입에서 꺼낼 필요가 없게 되었다. 다리가 심하게 저려 제대로 걷지도 못하고 침대에도 못 올라갔는데, 당장 계단도 뛰어오를 수 있을 것 같았다. 양어깨에 올라와 무겁게 누르던 커다란 곰 두 마리도 숲으로 돌아갔고, 지긋지긋하게 괴롭히던 원형 탈모와 포도막염도 금세 사라졌다. 덕분에 눈도 잘 보였고 스트레스도 절반 이하로 줄었다. 한동안 두 달에 한 번, 두 시간의 주사를 맞으면 정상적인 삶이 가능해져서 만족했다. 때로는 진단 이전보다도 피로도가 덜한 것같이 느껴지기까지 했다.

기쁨도 잠시, 2년도 안 되어 약물에 내성이 생겼고 주사를 맞아도 다시 온몸이 아프기 시작했다. 감기몸살의 열 배 정도 되는 근육통이 다시 찾아왔다. '온몸에 뼈가 없는 것 같아요'라는 내 표현을 주치의 선생님조차 이해하지 못해서 답답했다. 어찌어찌 하루를 버티고 퇴근길에 어머니에게 전화를 걸었다. 다 큰 아들이 힘들다고 투정을 부리니 수화기 너머로 어머니의 흐느낌이 전해졌다. 떨리는 목소리로 평생에 잊지 못할 가슴 아픈 말을 힘겹게 꺼내셨다.

"엄마가 아프게 낳아줘서 미안해."

그 말을 듣는 순간 눈물샘이 폭발했다. 흐르는 눈물이 운전 중 시야를 가렸고 흐느낌을 들키지 않으려 급하게 전화를 끊었다. 그럼에도 어머니는 내 감정을 느끼셨을 것이다. 그리고 세상의 모든 부모가 그렇듯 아픈 자식을 걱정하며 그날은 밤새 뜬눈으로 지새우셨을 것이다. 아니, 어쩌면 매일 밤마다 눈을 감는 게 쉽지 않으셨을 수도 있다. 하지만 나는 단 한 번도 건강을 어머니 탓으로 돌리며 원망한 적이 없다. 지금까지 잘 키워주신 것에 대한 감사한 마음만 가지고 있다. '엄마가 아프게 낳아줘서 미안해'라는 말의 진정한 의미는 자식을 낳고 키우면서 조금이나마 이해할 수 있게 되었다.

힘든 시기가 계속되어 주치의와 상의 후 주사제를 '휴미라'로 변경했다. 2주에 한 번씩 주사를 투약하면서 다시 일상적인 생활이 가능해졌다. 그럼에도 진통제를 먹고 잠을 청해도 끙끙 앓는 날이 있다. 그때는 새벽 4시경 옷을 입고 이른 출근을 한다. 병원에 도착하면 지하 4층 탈의실이 아니라 1층 응급실로 향한다. 예진 의사에게 증상을 말하고 진통제와 포도당 수액을 처방받는다. 센스 있는 레지던트는 비타민 수액을 추가해주고, 센스 없는 레지던트는 엉덩이 주사를 추가해준다. 대기시간은 언제나 복불복이다. 두세 시간 정도 수액을 맞고 탈의실로 내려가서 옷을 갈아입고 출근하는 것이 아픈 날의 루틴이다.

강직성 척추염 발병 이후 통증은 삶의 일부가 되었다. 아플 때마다 휴가를 내면 직장생활이 아마도 어려웠을 것이다. 진통제 복용만으로 안 되는 날은 일단 응급실로 출근을 한다. 진통제 주사와 수액까지 맞고 나면 그럭저럭 하루를 버틸 수 있다. 그래도 안 될 때가 있다. 그런 날은 나를 본 동료들이 먼저 퇴근하라고 얘기해준다. 괜찮다고 해도 안 괜찮은 게 보이는지 빨리 집에 가라고 한다. 두 번 사양하고, 세 번째는 못 이긴 척 퇴근한다.

아프면 집에서 휴가를 내고 편히 쉬면 되는데 왜 군이 고생을 사서 하냐고 묻는 사람들이 있다. 내 업무는 운동 경기로 치면 축구와 같은 팀플레이다. 혼자 출전해서 경기하는 피겨 스케이팅이나 육상, 수영 등의 개인전 종목이 아니다. 열한 명이 뛰는 축구 경기에서 한 명이 빠지면 나머지 열 명이 힘들다. 빈자리를 메우기 위해 동료들은 평소보다 더 힘든 하루를 보내야 한다.

배려는 의무사항이 아니기에 배려를 강요할 수는 없다. 동료가 나를 배려해주는 것은 감사한 일이지, 당연한 일이 아니다. 고마운 동료들에게 피해 끼치지 않으려 노력하는 모습을 보이는 것이 내가 할 수 있는 최선의 배려다. 연장전 교체 카드를 전부 사용한 상황에서 절뚝거리는 다리로 끝까지 뛰겠다는 의지를 보여주는 태극전사들의 심정을 일부나마 이해하게 된다.

환자를 돌보고 치료하는 직장 특성과 좋은 동료들 덕분에 방사선사로 10년 가까이 '환자 겸임'을 유지하고 있다. 환자 겸임이라는 무거운 짐을 지고 남들보다 어렵게 직장생활을 하는 건 사실이다. 아픈 몸이 속상하고 힘든 순간도 많다. 책상 서랍 안에는 각종 진통제와 파스, 부위별 관절 보호대가 상시 비치되어 있다.

다행인 건 휴가를 내지 않고도 근무 중에 진료받을 수 있다는 점이다. 이는 볕뉘(작은 틈을 통하여 잠시 비치는 햇볕)가 되어 작지만 큰 힘이 된다. 일반 직장이었다면 잦은 진료 일정으로 직장생활을 유지하기가 지금보다 몇 배는 더 힘들었을 것이다.

내가 가지지 못한 것에 대한 원망으로 슬픔에 빠지기보다는 가진 것에 대해 감사하며 하루하루를 소중히 여기려고 노력한다. 앞으로도 '환자 겸임 방사선사'에서 '환자 겸임'을 떼어낼 수는 없을 것이다. 그렇다고 '방사선사 겸임'을 떼어내면 지금보다 삶이 더 힘들어질 가능성이 높다. '환자 겸임'을 떼어내려고 집착하기보다는 '방사선사 겸임'을 유지하기 위해 하루하루 최선을 다하기로 결심한다.

팀워크가 중요한 경기에서 동료들은 다친 선수를 탓하지 않는다. '○○○ 선수가 부상을 당하는 바람에 졌다'라는 인터뷰는 들어본 적이 없다. 부상은 늘 예기치 못한 상황에서 발생한다. 가장 억울한 사람은 당사자이고, 누구든지 당사자가 될 수 있다. 그렇기 때문에 '링커 투혼'이나 '부상 투혼'을 욕하지는 않는다. 끝까지 최선을 다하려는 투지에 박수를 보내고 격려할 뿐이다.

직장에서도 마찬가지다. 누구나 아플 수 있고, 가장 힘든 건 본인이다. 나와 내 가족이 사고의 주인공이 될 수도 있다. 불편한 몸으로 인해 더디지만 각자의 자리에서 소명의식을 가지고 최선을 다하는 사람들을 응원하는 사회가 되었으면 한다.

국방의
의무

딸아이가 아파 진료받으면 나는 일단 죄인 모드로 전환한다. 문진이 시작되면 전혀 상관없는 상황에서도 "제가 강직성 척추염을 진단받았는데 그것과 관련이 있을까요?"라고 조심스럽게 묻는다. 딸아이의 기침과 콧물이 두 달이 지나도 잡히지 않아 이비인후과에 방문했다. 같은 질문에 40대 초반으로 추정되는 의사 선생님은 1초의 망설임도 없이 "아니요"라고 대답한다. 다행이다.

그런데 갑자기 "그거는 상관없지만 혹시 군대 다녀오셨어요?"라고 되묻는다. '이 상황이 군대와 무슨 상관이지?' 하면서도 육군 병장 만기전역의 자부심으로 어깨가 2센티미터 정도 올라가며 "네" 하고 당당히 대답한다. 순간 선생님은 오래 준비한 자격증 시험에서 한 문제 차로 탈락한 것과 같은 진한 아쉬움을 표현한다. 도대체 군대랑 무슨 상관인지 의아해하는 와중에 그가 말을 잇는다. "아~ 다녀오셔서 진단받으셨구나. 제 가장 친한 친구도 전역하고 진단받았어요"라고 말하며 나보다 더 안타까워 한다. 본인 일처럼 억울해하는 것이 말투와 표정에서 전해진다.

입대 전에는 '군대 가는 꿈'을, 전역 후에는 '군대 다시 가는 꿈'을 자주 꿨다. 잠이 들면 신병교육대로 순간 이동하는 경우도 종종 있다. 꿈은 시공간을 초월하지만, 때로는 현실보다 더 생생하게 느껴지기도 한다.

꿈이라는 사실을 꿈에도 모른 채, 정신을 똑바로 차리려 노력했다. 전역 사실을 알린 후 다시 일상으로 돌아가기 위해 중대장에게 면담을 요청했고, 그사이 신비한 능력을 가진 훈련병 모자가 씌워졌다. 처음이 아닌데도 효과가 좋다. 모자를 씀과 동시에 손과 발이 한 방향으로 움직이는 비정상적인 보행을 하게 되고, 오른쪽과 왼쪽을 구별하는 것이 피타고라스의 정리보다 어렵게 느껴진다. 1년보다 더 길게 느껴지는 일주일이 지났지만 행정병에게선 면담 관련 연락이 없다. 초조함이 극에 달할 때쯤 저 멀리 중대장이 지나가는 것이 보인다. 어렵게 찾아온 기회를 놓칠 수는 없다. 어차피 난 군인이 아니고 민간인이다. 용감하게 대열을 이탈해서 중대장을 향해 전속력으로 달려간다.

어렵게 만남이 성사된 후 신상에 관해 설명하니 중대장이 씩 웃으며 "컴퓨터로 전역 사실을 조회해서 이미 알고 있다"라고 답한다. 다행이다. 안도도 잠시, 그의 입에서 충격적인 내용이 흘러나온다. "육군 전역한 것은 공군 입대와는 전혀 상관이 없다"라고 말한다. 오히려 "한 번 다녀왔으니 더 잘할 것 같다"라며 힘내라는 말을 덧붙인다. 숨이 턱턱 막히기 시작하고 급기야 기절한다. 2년 같은 긴 밤이 지나고 눈을 떠보니 다행히 내 방이다. 안도의 한숨을 내쉰다.

꿈은 늘 왜 이리도 현실 같은지 베개가 땀으로 흥건하다. 나와 같은 사람이 많은지 포털 사이트에 '군대 다시 가는 꿈'을 검색하면 관련된 해몽이 한가득 나온다. 아버지에게 "군대 다시 가는 꿈은 언제까지 꿔야 하나요?"라고 질문드리니 "모르지"라고 대답하신다. 아버지도 아직까지 꾸고 계시다며 도대체 언제까지 꿔야 하는지 당신도 너무 궁금하다고 하신다.

군 생활 중 허리가 심하게 아픈 적이 여러 번 있었다. 통증이 시작되면 2주 정도 고생한 후 다시 괜찮아졌다. 그때 발견하고 진단받았으면 의가사 전역이 가능했을 수도 있다. 전역 후에라도 신청했으면 예비군, 민방위는 면제되었을 것이다. 현역 복무야 기간이 지나서 되돌릴 수 없지만 예비군 의가사 전역은 자의로 신청하지 않았다. MRI 촬영하고, 진단서 끊는 과정의 기회비용이 훨씬 더 컸기 때문이다.

그러다 보니 어느덧 민방위도 마지막 연차가 되었다. 이제 곧 모든 국방의 의무가 끝이 난다. 전쟁이 나도 내 가정만 지키면 된다. 기뻐하는 나에게 "민방위 끝나면 속 시원할 것 같았는데 막상 끝나니 이제 남자구실 못 하는 거 같아서 우울해졌다"라며 다른 부서 선생님이 살며시 속마음을 전한다. 남자와 군대와의 인연은 참으로 묘하면서도 질기다.

군 면제를 위해서 원정 출산을 하기도 하고 국적을 바꾸기도 한다. 반면 국방의 의무를 다하기 위해 외국 국적을 포기하고 한국인이 되기로 결심한 남성들도 있다. 아내가 다녔던 회사에도 군필자 '대한미국인'이 입사한 경우가 있었다. 서툰 한국어는 군대에서 자연스럽게 다듬어졌다고 한다. 전역 후에는 모국에서 회사 생활을 경험해보고 싶다며 한국 회사에 취업까지 했다. 미국인 특유의 순수함에 성실한 한국인의 피가 섞여 '여초 직장'에서 생활도 잘했다고 한다. 아버지 세대부터 전역 남성들이 자주 하는 표현이 있다.

'군대도 다녀왔는데 뭘 못 하겠나.'

국방의 의무를 다했다는 이유로 이른 시작이 중요한 저축은 2년이 지연되었다. 다행히 군 복무 기간이 호봉에 반영되는 직장에 취업해서 2호봉을 인정받고 있다. 군 복무 기간 중 받지 못했던 2년간의 정상 급여를 할부로 돌려받게 된 것이다. 이 기준으로 계산하면 30년 정도 근무하면 손익분기점을 넘긴다. 절반 정도 했으니 절반만 더 버티면 된다. 나의 빛나는 청춘에 대한 보상이 부족하지 않게, 아프지만 정년퇴직까지 도전해야겠다. 나도 전역 남성이다. '군대도 다녀왔는데 뭘 못 하겠나.'

어느덧 마지막 민방위 훈련 날이다. 직장 민방위 소속이다 보니 병원에서 훈련을 받으면 된다. 오전 7시 대강당에 도착해서 부족한 수면 보충을 위해 뒤편에 있는 기둥 바로 옆에 자리를 잡는다. 눈을 감으려는 순간, 잠을 깨우는 달콤하면서도 걸걸한 천사의 목소리가 들린다. 한 시간 이른 출근이 근무로 인정된다고 한다. 병원장님께 결재를 받았으니 특근 신청을 해서 초과 근무 수당을 받으라는 반가운 소식에 미소가 지어진다. 마지막 민방위 훈련에서 처음으로 보상을 받게 되었다. 오랜 군 생활의 마무리가 좋다.

나는 가끔씩 우스갯소리로 아픈 건 괜찮지만 군대 다녀온 건 안 괜찮다고 한다. "어차피 아플 거 미리 아팠으면 군 입대 면제가 가능했을 텐데" 하며 아쉬워하기도 한다. 만약 다시 과거로 돌아가서 강직성 척추염을 진단받고 입영 영장을 받는다면 어떻게 될까? 어설픈 한국어로 외국 국적을 포기하면서까지 입대하는 멋진 청년들처럼, 국가에서 허락해준다면 나 역시 군 입대를 선택할 수 있을까? 쉽지 않은 결정이다.

입대를 결정할 경우 중간중간 아파서 쉬거나 입원을 해서 내무반 동료들에게 피해가 가는 게 걱정도 된다. 하지만 부족한 후임이나 선임을 배려하는 것을 배우는 것도 그들에게 도움이 될 듯하다. 나를 통해 다른 이의 아픔을 살피고, 상처와 슬픔을 보듬어주며 함께 아파할 줄 아는 것을 배우게 될 수도 있기 때문이다. 물론 타인의 아픔에 관심을 가지고 보듬어주는 것에는 희생이 따른다. 생각해보면 '희생에 대한 보상'보다는 '희생에서 얻는 보람'이 중요한 이들이 많아질수록, 다른 이의 얼굴빛을 살피는 사람들이 많아질수록 세상은 점점 더 따뜻해질 수 있다. 그래서 나는 '입대한다'에 마음이 기운다.

모든 일에는 일장일단이 있다. 삶에서 가장 값진 '젊음'이라는 시간을 희생했지만 다행히 그 희생은 더 빛나는 미래를 위한 밑거름이 되어주었다. 후회는 없다. 군 복무 기간에 배운 인내와 끈기 덕분에 어려운 시간을 잘 견뎌낼 수 있었다. 돌이켜보면 방사선사로서 '환자 겸임'을 유지할 수 있는 데 기여한 일등 공신은 바로 군대였다.

행복한 삶을 살기 위한 지름길은 '감사'에 있다고 한다. 타인의 시선에서 보면 부러운 삶이지만 스스로 감사하지 않는다면 행복할 수 없고, 어려운 상황에서도 본인이 감사할 수 있다면 행복해진다고 한다. 군 복무 여부가 행복한 삶을 결정하는 데 중요한 것은 아니다. 군 복무를 경험한 사람들은 그 경험에 감사하고, 경험하지 않은 사람들은 그 사실에 감사하면 된다. 타인의 기준에서 행복할 필요는 없다. 내 기준에서 행복할 수 있다면 그걸로 충분하다.

명의

　자동차에 연료를 주입하듯 일상생활을 유지하려면 주기적으로 주사제를 주입하고 다양한 약제를 복용하는 삶을 살다 보니 나이에 비해 진료 경험이 풍부하다. 자연스럽게 여러 명의(名醫)를 만날 수 있었고, 그중 가장 기억에 남는 의사는 군 복무 시절에 만난 군의관이다.

　땀과 비를 구별하기 어려울 정도로 무더운 여름날 운전병으로 복무하던 중, 유격 훈련장에 4박 5일간 앰뷸런스 운행을 지원 나간 적이 있다. 동승석에는 단테의 《신곡》을 포함해서 어려워 보이는 십여 권의 책이 놓여 있었고, 훈련 기간에 책만 읽겠다는 군의관의 굳은 의지를 엿볼 수 있었다.

　정형외과 의사였던 그는 항상 차분하며 말수가 적었다. 그런 그의 성격으로 미루어보면 진료실에서의 상담보다는 수술 방에서 전신 마취되어 있는 환자를 주로 대하는 수술 집도가 적성에 맞을 것 같았다. 이런 나의 예상처럼 한 명, 두 명 의무 텐트를 찾아오는 사병들에게 "응~ 조금 누워 있어야겠다"라는 말만 반복하며 쉬어가라고 한다.

의무 텐트에 가면 쉴 수 있다는 소문이 퍼졌는지 어느덧 텐트 안이 꽉 차고, 야외에도 들것이 펼쳐졌다. 2일 차에는 흡사 허준이 치료하던 조선 시대에 역병이 돌고 있는 마을 풍경과 흡사해졌다. 3일 차에는 충분히 휴식을 취한 덕분에 꾀병이 나았는지 훈련으로 복귀하는 장병들이 생겼고, 그 빈자리는 금세 새로운 환자들로 채워졌다. 어느덧 훈련 막바지인 4일 차 오후가 되었다. 책만 읽던 군의관이 가지고 온 책을 다 읽은 건지 갑자기 "운전병, 앰뷸런스 준비해"라고 말한다. 의외인 상황에 "운행 준비 말씀이십니까?"라고 되묻자 누워 있는 병사를 가리키며 "얘 진짜 아픈가 보다. 운다"라고 답한다.

2미터 높이에서 떨어졌다는 건장한 장병을 의무병 네 명이 달라붙어 순식간에 들것 채로 앰뷸런스 뒤칸에 실었다. 대한민국 육군다운 일사불란한 행동이 끝나자마자 군의관은 "운전병, 흔들리지 않게 조심히 가"라고 지시한다. 승차감이 측정 불가능한 군용차로 돌멩이 가득한 산길을 가는데 어떻게 흔들리지 않고 갈 수 있을까? 그건 사단장님 지시여도 불가능하다. 군의관의 진단이 정확할지 아니면 꾀병이 맞을지 궁금함은 뒤로하고 최대한 조심스럽게 차를 몰아 가까운 군 병원으로 이동했다.

도착과 동시에 급하게 촬영한 엑스레이 영상은 방사선과에 재학 중이던 내가 봐도 이상이 있었다. 척추뼈 사이에 공간이 없는 곳이 보였다. 그의 눈물은 연기가 아니었음이 밝혀졌다. 그렇게 환자가 된 병사를 입원실로 인계하고 훈련장으로 복귀했다.

그 사건을 돌이켜보면 그때의 내 생각은 틀렸다. 아픈 육체를 넘어 연약한 마음까지 보듬어주었던 그의 성품은 수술실에서 잘 어울리겠지만 상담실에서도 잘 어울릴 것 같다. 어딘가에서 좋은 의사로 활동하고 있을 그를 언젠가 만난다면 '단테의 신곡'에 대한 이야기를 나누고 싶다.

주부
9단

태권도 강국답게 온 동네 아이들은 교복 대신 태권도복을 입고 다닌다. 하얀색에서 시작한 띠의 색상이 강렬한 붉은색이 되면 외출할 때에도 도복을 선호하고, 검은색이 되면 태권도장이 문을 닫는 일요일에도 도복을 꺼내 입는다. 종주국 어린이들의 도복에 대한 열망은 30년 전이나 지금이나 변함이 없다. 이러한 전 국민의 관심과 사랑 덕분에 축구 하면 브라질, 태권도 하면 대한민국이 되었다.

우리 국민에게는 태권도 '단'만큼이나 흔한 중요한 '단'이 하나 더 있다. 바로 '주부 ◇단'이다.

대학생이 된 이후로 직장을 다니는 지금까지도 명절이나 김

장철 등 일손이 부족한 시기엔 아버지의 장사를 돕고 있다. 아파트 단지의 알뜰시장에서 물건을 팔다 보면 걸음걸이의 당당함과 장바구니의 크기, 첫음절을 떼는 목소리에 실린 힘의 정도를 가늠하여 다가오는 주부의 단수를 파악하는 능력이 생긴다. 그녀들은 학창 시절 수학 성적과 관계없이 주부가 되면서 산수에 강해진다. 주로 덧셈보다는 뺄셈을, 올림보다는 내림을 잘 사용하며 단수가 높아질수록 내림과 뺄셈의 단위와 폭이 과감해진다.

다가오는 젊은 여인은 장바구니 대신 남편의 손을 꼭 쥐고 있다. 신혼부부로 추정된다. 이제 막 단을 취득한 주부들은 덧셈만 할 줄 알면 원하는 물건을 무리 없이 구입할 수 있다. 좋은 물건을 고르는 안목은 아직 부족하지만 남편을 의지하듯 사장님의 도움을 받으면 쉽게 해결할 수 있다. 3천5백 원짜리 고등어 두 마리를 구입하기 위해 암산으로 7천 원을 계산하고 카드를 건네기만 하면 된다. 카드 결제는 뺄셈이 필요한 잔돈 계산의 수고를 덜어주는 편리한 세상을 만들어주었다.

신임 주부도 연차가 쌓이면서는 주변 아주머니들의 거침없는 말발과 화려한 가격 협상 기술들을 지켜보면서 본인도 할 수 있을 것 같은 도전 의식이 생긴다. 승단을 준비할 때가 된 것이다. 이제는 1만 5백 원어치 물건을 구매할 때 5백 원을 깎아 1만 원에 사고 싶어진다. 단을 높이려면 덧셈과 함께 뺄셈도 필요해진다. 이때부터 장을 보기 위한 발걸음이 더 가벼워지고 장바구니를 꼭 챙긴다. 구매 총액에 따라 일부러 5백 원 단위로 떨어지는 상품을 구입하기도 한다. 물건을 보는 안목도 높아져 사장님의 도움은 최소한으로만 받으며, 필요할 때는 자문위원을 대동한다. 함께 온 주부는 가격을 흥정할 때 부족한 명분과 자신감을 채워주는 파트너의 역할을 병행한다.

7천 원짜리 생태와 3천5백 원짜리 고등어를 구입하는 그녀에게 친절한 목소리로 "1만 5백 원입니다"라고 가격을 알려주면, 당당히 만 원짜리 한 장을 내민다. 잘못 들은 것이라 생각하고 다시 물건값을 말해줘도 본인 계산이 맞는다고 거듭 이야기한다. 쉬운 덧셈을 틀렸는데 본인의 암산 능력을 의심하는 기색조차 안 보인다. 비슷한 상황이 수차례 반복되고 주부들의 계산법이 나와 다름을 알게 된다. 일정 단 수 이상의 주부들은 만 원 이상의 금액에서는 백 원 단위를 내림 처리하는 시장의 암묵적인 규칙이 있었던 것이다.

5백 원을 내림해서 만 원으로 만들었던 그녀의 계산법을 주부 어학사전에서는 '정'이라고 명시하고, 행위자는 '단골'이라고 한다는 것을 알기까지 그리 오랜 시간이 걸리지 않았다. 일단 단골이 되고 나면 물건 구매액이 높아질수록 정의 범위도 확장되어 원하는 내림의 단위도 함께 커진다. 이제는 천 원 단위의 할인을 요구하기 시작한다. 구매 총액이 3만 1천 원이나 5만 1천 원인 경우, 상황에 따라 흔쾌히 조정안을 받아들인다.

2만 1천 원인 경우에는 의도 파악이 우선이다. 습관적 찔러보기가 의심되면 우선 립서비스로 무마를 시도한다. '생선의 선도가 좋아서 굽기만 하면 대장금이 될 수 있다', '가족들의 잃어버린 식욕이 돌아온다', '남편의 퇴근 시간이 빨라진다' 등의 멘트를 날린다. 대장금이 된 본인의 모습을 상상하며 어울리는 앞치마를 구매할 생각에 들뜨게 만든 후, 상대가 방심한 틈을 놓치지 않고 자연스럽게 2만 1천 원을 결제하면 된다. 반면 장바구니 예산을 초과하여 망설이는 경우에는 먼저 할인을 제안해 구매를 자극해야 할 때도 있다. 뭐니 뭐니 해도 장사는 팔아야 남는 것이다.

동네를 주름잡는 절대 내공을 소유한 '주부 9단'이 나타나면 저 멀리서부터 주변의 이목이 집중된다. 그녀는 주로 화려한 모자를 쓰고 장갑 낀 손으로 장바구니 대신 카트를 끌고 등장한다. 포커게임에서 동공의 흔들림을 감추기 위해 플레이어들이 선글라스를 끼는 것처럼 물건을 스캔하는 눈빛을 들키지 않기 위한 선글라스도 잊지 않는다.

가게에 들어서면 가격을 확인하는 주변 사람들의 말에 귀를 기울이면서 드러나지 않은 날카로운 눈빛으로 물건들을 빠르게 확인한 뒤, 사람들이 모두 자리를 뜰 때까지 여유 있게 기다린다. 주변에 사람이 없어야 사장님과의 가격 흥정이 잘된다는 것은 기본 중의 기본이다.

물건 선택의 주체는 본인이고 시장에서 믿을 사람은 오로지 자신뿐이다. 거침없이 깎아내리는 그녀들의 공격은 쉽게 방어하기가 힘들다. 물건이 좋다는 식의 일차원적인 방어를 하면 비웃음을 사기 십상이다. 이미 물건이 좋아서 협상을 시작했기 때문이다. 그렇다고 강함으로 맞서다가는 부러질 위험이 있다. 양측이 모두 다치는 싸움을 하게 되면 단골이 떠나가고, 단골가게가 없어지기에 서로가 끝까지 긴장을 늦추지 않고 공격과 방어를 반복한다.

기회를 노리던 주부 9단이 2만 5천 원짜리 갈치 한 마리를 가리키며 "2만 원에 주세요"라고 당당하게 요구한다. 예상했던 공격이다. 주부들은 애국심이 강하고 남의 일도 모두 내 일처럼 몰입하는 특별한 능력이 있다. 효과적인 대결을 위해 가슴 깊이 간직하고 있는 그녀의 감정에 호소하며, 청년 취업 문제에서부터 결혼과 출산 문제에 이르기까지 생애 주기별 맞춤 대응을 해야 한다.

대학생 때는 비싼 등록금을 언급하며 5천 원씩 벌어야 휴학하지 않는다고 하고, 졸업 후에는 5천 원씩 벌어야 장가도 가고 아이도 낳을 수 있다고 말한다. 예상치 못한 강력한 방어에 주부 9단은 침착하게 준비한 필살기를 꺼낸다. "잘생긴 총각 사장님이 한국어는 잘 못하시나 보다"라며 무시무시한 공격을 한다. 외모를 칭찬하는 건지 동남아 성향의 외모라고 놀리는 건지 구별이 안 되어 정신을 차릴 수가 없다. 이처럼 공수가 팽팽히 맞서는 신경전을 거듭한 후 2만 2천 원이나 2만 3천 원에 흥정을 마무리한다. 공격과 수비 모두 만족스러움에 약간의 아쉬움을 더한 표정으로 다음 전투를 기약하며 인사하고 헤어진다.

보통 물건을 정리하기 직전이나 판매 실적이 저조한 날에는 공격이 조금 더 유리하고, 남은 물건이 부족한 경우에는 수비가 더 유리하다. 그런데 방어가 절대적으로 유리한 시기가 있다.

유부남이 되고 아이가 어릴 때는 모든 공격을 다 막아낼 수 있다. "5천 원씩 벌어야 우리 아기 분유 사 먹일 수 있어요"라고 말을 꺼내면 주부들의 모성애가 자극되어 단수에 상관없이 모든 무장이 즉시 해제된다. 아이가 몇 개월이냐고 웃으며 묻고는 자식에 손자에 조카까지 등장하는 본인의 가족사를 설명한다. 이 야기를 듣다 보면 결제는 이미 끝나 있고 가격 할인은 없었던 이 야기가 되어 있다. 심지어 아기 엄마 고생하니까 가져다주라며 장 봐온 과일과 간식을 나눠주기까지 한다. 한국인의 '정'을 왜 외국어로 정확히 번역할 수 없는지 이해가 되는 순간이다.

자식이라는 공동의 관심사가 나왔을 때는 격렬한 협상의 과정에서조차 양보와 배려가 우선이다. 하물며 남의 자식에게도 그런데 나의 자식에게는 그 마음이 오죽하겠는가. 노곤한 몸을 이끌고 퇴근해서 식사하고 설거지를 하다 보면 지치고 힘들다. 하지만 우리 어머니들은 수십 년간 가족을 위해 단 수를 높여가며 힘든 내색 없이 장을 보고 삼시 세끼를 마련한다. 장을 보는 것도 어떻게 보면 힘든 노동인데 장바구니를 들고 물건을 구입하는 어머니들의 표정을 보면 설렘이 가득하다. 심지어 장바구니가 무거워질수록 기쁨은 더 커진다. 짐이 무거워지면 힘들어야 하는데 역시 주부들의 수학은 머리로는 이해할 수가 없다.

가족의 식탁에는 어머니의 '정'이 듬뿍 담겨 있다. 자식이 먹는 모습만 봐도 배가 부르다는 어머니께 식사 후 잊지 않고 "감사히 잘 먹었습니다" 하고 따뜻하게 인사했으면 한다. 소중한 사람에게 하는 고맙다는 인사는 아무리 해도 지나치지 않다.

얼마 전 막내까지 전부 출가시킨 후 '명예 주부'가 된 어머님이 카트를 끌고 와서는 물건을 잔뜩 구매한다. 주말에 딸이 온다며 신이 나 있다. 귀찮은데 왜 오는지 모르겠다고 하면서도 카트가 넘치도록 물건을 계속 담는다. 얼굴에 번진 미소를 보면 거짓말임을 단번에 알 수 있다. 예쁜 손주도 함께 온다고 한다. 손녀딸의 재롱을 볼 생각으로 머릿속이 꽉 차서 물건값을 깎을 정신이 없다. 마지막으로 사위가 좋아한다는 대하를 구매하는 단골에게 잊지 않고 '덤'을 듬뿍 얹어드린다. 사람 사는 게 다 '정' 아니겠는가.

청첩장

학창 시절에는 하루가 아쉬워 주말까지도 매일 보던 친구들을 사회인이 되어서는 일주일에 한 번 정도 만난다. 결혼을 하고 나서는 1년에 한두 번 겨우 약속을 하고, 아이가 생기면 그마저도 쉽지가 않다.

함께한 추억이 많은 동생에게 오랜만에 "형~ 잘 지내지?"라는 카카오톡 안부 인사를 받았다. 방사선사 국가고시를 준비하면서 술과 당구, 과제와 공부 그리고 점심과 저녁 식사까지 모든 것을 함께했던 같은 학번 동생이다. 명절은 아직 멀었다. 이런 경우 열에 아홉은 경조사다. 글에 이모티콘이 있는 걸 보니 다행히 '경사'일 것 같다. 나에게 한 축의금 액수를 확인하고 다음 달 생활비 예산에 반영한다. 은행 앱을 켜서 용돈 잔액을 확인한 후 저녁 약속을 잡는다.

술을 좋아하지만 아이가 태어난 이후로는 가정의 평화를 위해 되도록 저녁 약속에서도 술은 마시지 않는다. 예산에서 술값이 빠지니 그만큼 좋은 식당으로 예약할 수 있는 장점이 있다. 결혼을 앞두고 술자리가 많아 피곤한 동생도 이때만큼은 "그래도 한잔해야지?"라는 요청이 없다. 그간의 안부를 주고받고 축하 인사를 전한다. 맛있는 음식 덕분인지 기분이 더 좋아진다.

명함도 아닌데 주고받는 게 늘 어색한 청첩장까지 받고 나면 카운터 앞에 서게 된다. 이런 경우 으레 청첩장을 전하는 사람이 계산을 한다. 하지만 기회를 노리던 나는 지갑을 꺼내는 동생의 손보다 빠르게 들고 있던 스마트폰을 직원에게 건넨다. 삼성 페이로 결제를 완료한다. 순식간에 벌어진 상황에 동생은 적잖이 당황해한다.

식당 문을 나오면서 어리둥절해하는 동생에게 "요즘 육아하느라 돈 쓸 시간이 없어서 용돈이 많이 쌓여 있어"라고 말하며 "나는 오늘 너의 결혼을 축하해주러 만난 거니 내가 사도 괜찮은 거야"라고 덧붙인다. 한 달 용돈의 절반을 두 시간 만에 사용한 나는 당분간 허리띠를 졸라매야 한다. 하지만 결혼 전 나를 진심으로 축하해주던 동창들이 떠올라 이 순간만큼은 기쁨이 걱정을 이긴다.

결혼식을 한 달여 앞두고 거의 매일 약속이 있었다. 청첩장을 건네며 많은 사람에게 밥과 술을 샀다. 마지막 일정은 가장 가깝게 지내는 초중고 동창들이다. 6년 반이라는 긴 연애 기간에 자주 만나다 보니 아내도 교가만 모르지 동창이나 다름없다. 이들에게는 청첩장 전달은 형식일 뿐이고, 술자리를 만들 좋은 핑계이고 안주일 뿐이다.

1차는 고깃집이다. 30대가 되었으니 초등학생 때 지은 별명은 그만 부르고 이름을 부르자고 한다. 다들 알겠다고 하면서 계속 별명을 부른다. 고기와 웃음으로 배를 채우고 일어난다. 계산을 하려는데 KTX를 타고 온 친구가 요즘 애들 보느라 나갈 시간이 없어 용돈이 많이 쌓여 있다면서 먼저 계산해버린다. 멀리서 와준 것도 고마운데 술값까지 낸다. 그러면서 2차를 사라고 한다. 2차에서는 다른 유부남 친구가 화장실 가는 척 계산을 먼저 해버린다. 내가 3차를 안 가고 집에 가버릴까 봐 걱정되어 계산했다고 말도 안 되는 핑계를 댄다. 그러면서 3차를 사라고 한다.

3차부터는 남은 기회가 얼마 남지 않은 탓에 카운터에서 친구들이 서로 내겠다며 다툰다. 황당하다. 마지막 4차는 아직 결혼하지 않은 친구가 '본인이 계산해야 좋은 기운을 받아 본인도 빨리 결혼을 한다'라는 설득력 없는 핑계로 남은 친구들을 설득한 후 계산을 한다. 오늘 아낀 돈으로 제수씨 맛있는 거 사주라는 말을 덧붙인다. 가장 많은 예산을 준비한 날, 단 1원도 사용하지 않았다.

그날의 울림은 지금까지도 내 가슴속에 남아 있다. 당연한 것을 당연하게 하지 않는 것이 인간관계에 도움이 된다는 것도 배웠다.

일주일 후, 결혼식장으로 '축 결혼! 오빠 행복해야 해~~!! 삼성동 전 여친 일동'이라는 재미있는 화환이 하나 도착했다. 어색하게 서 있을 나와 같이 서 있어줄 수 없으니 대신 화환을 옆에 세워준 것 같다. 그 마음이 온전히 전해져 하객을 맞이하는 동안 더 밝게 웃을 수 있었다.

자본주의 사회에서는 재벌이 아닌 이상 통장은 채워도 늘 부족하게 느껴진다. 많으면 많을수록 좋은 건 당연하다. 시간이 흘러 유부남이 되어보니 총각 때보다 주머니 사정이 더 안 좋다. 친구들도 비슷한 상황이었을 것이다. 소중한 돈을 잘 사용하는 것도 모으는 것 이상으로 중요하다. 멋지게 돈을 사용한 그 친구들을 자주 만나지는 못하지만, 그럼에도 예전보다 더 가깝게 느껴진다.

요즈음에는 청첩장을 전하는 사람이 밥을 사는 것을 당연하게 여기고 있다. 이 문화가 나쁘다는 것은 아니다. 하지만 나는 내 일처럼 축하해주고 싶은 사람에게 밥까지 산다면 그 의미가 더 크게 전달된다는 것을 경험으로 알고 있다. 그래서 소중한 사람들이 결혼하게 되면 청첩장을 받고, 계산은 내가 하는 습관이 생겼다. 축하를 전하는 마음이 두 배, 세 배 전달되었으면 하는 바람이 있을 뿐이다. 진심을 담아 축하해주는 과정에서 내가 얼는 행복감은 덤이다.

긴축재정 종료 D-7일, 사내 메신저로 "행님~ 별일 없으시
죠?"라고 다른 부서에서 근무하는 방사선사 후배가 메시지를 보
내왔다. 호칭이 '선생님'이 아니고 '행님'이다. 무이자 대출이 가능
한 용돈 가불을 결정하고, 반갑게 "응"이라고 대답한다.

카페
비그린

주말이면 자주 찾는 포천의 한 카페가 있다. 아내의 지인 부부가 운영하고 있다. 대표 메뉴는 사장이 직접 만든 감자빵이고, 아메리카노의 향과 마실 때 느껴지는 산미에서 좋은 원두와 머신을 찾아다닌 주인 부부의 정성이 느껴진다. 제품 가격을 결정하는 원가에 본인 인건비와 운영비를 포함하지 않고 재료비만 책정하다 보니 다른 카페에 비해 베이커리류의 가격이 착한 특징이 있다. 역시 시골 인심이 후하다.

펜션을 리모델링한 공간적 특성으로 여름에는 계곡에서 물놀이를 즐기는 아이들로 가득하다. 동심으로 돌아가 다슬기를 잡는 어른들도 많다. 계절이 바뀌어 선선한 바람이 불어오기 시작하면, 타닥타닥 모닥불이 타오르며 '불멍 시즌'의 개장을 알린다.

주기적으로 순찰을 도는 까만 고양이 한 마리는 이곳의 마스코트 '까망이'다. 공사 기간에 찾아온 길냥이 한 마리가 카페 개업과 동시에 영업사원으로 신분이 바뀌었다. 사람을 보면 스스럼없이 다가와 살을 비빈다. 신호를 눈치채고 목덜미를 만져주면 금세 두 눈이 감겨지고 입꼬리가 쑥 올라간다. '개냥이'가 된 까망이의 간식을 주는 것이 주목적인 손님도 하나둘씩 늘어난다.

실내외 구별 없이 적당히 마음에 드는 곳에 자리 잡고 앉으면 운악산을 배경으로 행복하게 뛰어노는 아이들의 모습을 볼 수 있다. 사시사철 아름다운 풍경과 사랑스러운 미소의 조합이 커피에 더해지면 부모들에게도 힐링의 시간이 된다.

첫 방문은 카페 내부 공사가 한창 진행 중일 때였다. 시내에서 멀리 떨어진 탓에 인테리어 업자를 구하기가 쉽지 않아 받은 견적이 사악했다. 결국 부부는 자의 반 타의 반으로 셀프 인테리어를 진행했다. 남편은 전기선을 연결해서 조명을 설치했고, 아내는 욕실 벽면에 타일을 붙였다. 두 자녀와 캠핑하려고 장만한 SUV는 자재 운반을 담당했다.

평일에는 출근하고, 주말에 공사하는 남편의 모습에서 피곤함은 보이지 않았다. 휴일 없이 일할 수 있는 그의 체력이 부러웠다. 어디에서 그런 힘이 나는지 궁금해서 물어보니 "내 가게니까 하게 돼요"라고 답변한다. 완공되기까지 반년 이상, 부부가 휴일 없이 오픈 준비를 강행한 덕분에 비그린은 예정일에 맞춰 문을 열었다.

개업을 축하해주기 위해 두 시간을 운전해서 포천에 갔다. 카페와 연결된 계곡에는 작은 물고기들의 움직임이 선명히 보이는 맑은 물이 흐르고 있다. 딸아이가 고사리 같은 손으로 다슬기를 잡는 모습을 보고 있으면 장거리 운전의 피로가 금세 잊힌다. 가벼운 물놀이 후 이어지는 '불멍'은 속세에서 쌓인 마음의 짐을 같이 태워주고, 모닥불에 구워진 마시멜로를 입안에 넣는 순간에는 인생의 달달함이 느껴진다.

여섯 살 터울의 두 자매는 카페의 작은 주인이다. 단골이 되면 추억의 놀이인 '숨바꼭질'과 '무궁화 꽃이 피었습니다'를 같이 해준다. 반입이 금지된 외부 음식도 자매와 함께라면 먹을 수 있다. 경치 좋은 카페에서 먹는 과자 맛은 군대에서 먹는 라면만큼이나 맛있다. 히든카드 비눗방울 놀이가 시작되면 야외에 있던 모든 어린이 손님이 친구가 되어 비눗방울을 터뜨리려고 뛰어다닌다. 마음이 계곡물처럼 투명하고 깨끗한 아이들과 시간을 보내다 보면 잠시나마 동심으로 돌아가게 된다. 야외에 새긴 '오늘, 비그린 오길 잘했다'라는 문구가 어느덧 마음속에 각인된다.

언제부턴가 비그린은 우리 부녀에게 학교 같은 공간이 되었다. 딸아이는 그곳에서 친구들과 노는 법을 배웠고, 아빠인 나는 아이와 노는 법을 배웠다. 두 자녀를 돌보며 누구보다 바쁜 삶을 살지만 피곤한 기색 없이 넉넉한 인심으로 손님을 응대하는 사장님 부부를 보면서 배우는 것도 있다. '나의 피곤함은 누군가의 시선에는 철없는 투정으로 보일 수도 있겠다'라는 생각을 하며 반성하게 된다.

야외에서 사장님과 아이들이 뒤섞여 '무궁화 꽃이 피었습니다'를 할 때면 그들의 표정만으로는 아이와 어른을 구별하는 게 쉽지 않다. 문득 지금까지 퇴근 후에 천근보다 무거운 몸을 이끌고 아이와 놀아준 것이 아니라, 지친 아빠의 피로를 풀어주려고 딸이 아빠와 놀아준 것이라는 생각이 들었다.

소중한 진리를 깨달은 이후로는 다섯 살 딸아이와 다섯 시간씩 뛰어놀 수 있게 되었고, 여섯 살이 된 이후부터는 놀아주는 게 아니고 그냥 같이 논다. 부녀가 함께하는 시간은 더 즐거워졌고, 예전보다 더 가까워졌다. 많은 아빠는 퇴근 후에 피곤하다면서 술을 찾아 마시고 게임도 하지만 아이와는 못 놀아준다. 마음을 열고 자녀와 시간을 보내다 보면 게임보다 아이와 노는 게 더 재미있을 수도 있는데, 이 사실을 끝내 알지 못하는 아빠들이 많아 안타깝다.

어른이 되어 찾은 놀이터에서는 세상을 공부할 수도 있다. 두 개뿐인 그네를 타려고 차분히 순서를 기다리는 아이, 먼저 타겠다고 떼쓰고 우는 아이, 양보하는 아이 등 놀이터라는 공간이 어른의 세상과 크게 다르지 않음을 이해하게 된다. 미끄럼틀을 타다 보면 기쁨과 슬픔도 언젠가는 끝이 있음을 알게 되고, 무게차로 한쪽으로 기우는 시소를 탈 때는 힘차게 발을 디뎌 서로의 균형을 맞추고자 노력한다. 자본주의라는 시소도 늘 재력이 있는 사람에게 기운다. 놀이터에서 즐거웠던 어린 시절처럼 어른이 되어서도 서로 양보하고 배려하며 함께 행복할 수 있도록 강자가 약자를 위해 힘차게 발을 디뎌주는 사회가 되었으면 좋겠다.

부끄럽지만 하루하루 그 누구보다 열심히 살고 있다고 자부했다. 아침 6시에 일어나서 출근을 하고, 저녁 6시경 귀가해서 여섯 시간 육아에 전념했다. 자정이 되면 쓰러지듯 잠이 들어 여섯 시간 정도 취침했다. 여덟 시간 이상 수면이 생존의 필수조건이라고 생각하며 살아왔는데 아니었다. 육아로 지친 삶은 나에게 만성피로와 함께 베개에 머리가 닿으면 1분 이내에 잠들 수 있는 신비한 능력을 선물해주었다. 삶이 힘겹다고 느껴진 시기에 알게 된 비그린은 나에게 큰 위로가 되었다. "내 가게니까 하게 돼요"라는 사장님의 말은 '내가 좋아하는 일을 하면 피곤하지 않고, 즐겁게 하게 된다'라는 의미였음도 깨닫게 되었다.

같은 글을 읽어도 사람마다 느끼는 바가 다르듯, 공간도 그러한 힘이 있다. 소중한 사람들과 좋은 공간에 방문해서 새로운 것을 배우고 느끼며, 인생이라는 토양에 추억이라는 비료를 더할 수 있길 소망해본다.

아이는 자라고, 부모는 늙는다. 그리고 지금 이 순간은 결코 다시 돌아오지 않는다. 이 사실을 다시 한번 가슴에 깊이 새긴다. 삶의 모든 공간이 학교가 될 수 있고, 만나는 모든 사람은 선생님이 될 수 있다.

아무튼,
책 선물

살아온 세월이 길어지면서 이승에서 만나는 귀인이 한두 명씩 늘어난다. 그중 명절이면 식사를 함께하는 귀인이 한 명 있는데, 법률사무소에서 근무하는 'K' 팀장이다. 그는 짧은 머리에 셔츠와 재킷이 잘 어울리고, 말투가 차분하고 다정하다. 듣기와 공감에 능하고, 다툼보다는 화해와 합의를 선호한다. 시간의 위대함도 빨리 깨우친 덕분에, '영원히 풀리지 않을 것만 같은 문제들도 때로는 시간이 자연스레 해결해준다'라는 사실을 인정하며 기다릴 줄 안다.

'K' 팀장의 불타는 정의감과 빛나는 지혜의 도움을 받아 큰 억울함을 면한 적이 있다. 이후 인연이 깊어지게 된 배경에는 여러 가지가 있겠지만, 그중 자녀의 나이가 같은 것이 가장 큰 몫을 한 듯하다. 특히 아빠와 남편을 겸임하는 직장인으로서 삶의 많은 부분에서 공감이 잘되며, 아이와 놀기 좋은 장소를 발견하면 잊지 않고 공유한다. 책을 좋아하는 그에게는 책을 선물하는 맛(?)도 나서, 지난 추석에는 《위대한 상인의 비밀》(오그 만디노, 월요일의꿈, 2020)을 선물했다. 이 책은 처음부터 끝까지 묘사가 매우 잘되어 있어 화면을 보듯 글을 읽게 된다. 마지막 페이지를 덮었을 때 머릿속이 더 바빠지는 여운이 긴 책을 좋아하는데 지금까지도 여운이 이어지는 기적 같은 책이다. 그가 초심을 잃지 않고 앞으로도 꾸준히 세상에 온기를 더하는 삶을 살기를 바라며 선물했다.

'K' 팀장과의 식사 중에는 흥미롭게 읽은 책에 관한 대화도 빠지지 않는다. "요즘 법률 에세이에 푹 빠져 지내고 있어요"라고 안부를 전하니, 그가 "혹시 《검사내전》(김웅, 부키, 2018)도 읽어보셨어요?"라며 책을 추천했고, 나는 보답으로 《아무튼, 발레》(최민영, 위고, 2018)를 추천해주었다. 아내가 내게 딱 한 번 "도서관에서 책 좀 빌려다 줄 수 있어?" 하고 부탁했는데 그 책이 바로 《아무튼, 발레》다. 은행 대출을 싫어하는 아내는 도서 대출도 좋아하지 않는다. 그런 아내가 반가운 부탁을 한 것이다. 다음 날 바로 도서관에 달려가서 책을 빌려와 전달하니, 하루 만에 다 읽고 돌려준다. 이튿날, 책을 반납하려고 도서관에 가면서 도대체 아내를 깊이 빠져들게 한 위대한 발레의 비밀(?)이 무엇인지 궁금해서 책을 살짝 펼쳐보았다.

헉! 첫 문장부터 빠져들어 반납할 수가 없다. 책을 다시 챙겨 왔던 길을 되돌아가면서 계속 읽었다. 다음 날 새벽에는 평소보다 일찍 눈을 떠서 단숨에 판권 페이지까지 갔다. '취미로 발레 해요'라고 하지 않고, '그냥 운동해요'라고 하는 것이 아내의 성격 때문이라고 생각했는데 발레 수강생들의 공통점이었다. 발레 입문 4년 차인 저자도 지금까지 취미가 발레라는 사실을 숨기고 있었다. '우아한 몸동작을 상상하지만 현실은 웃긴 몸 개그를 시연한다'라고 느끼는 것도 아내에게 많이 듣던 표현이라 몰입이 잘되었다. 아무튼, 《아무튼, 발레》를 읽으면서 아내의 취미에 대해 좀 더 깊이 공감할 수 있게 되어 좋았다. 책 덕분에 낯설게만 느껴지던 발레가 친숙해지면서 아주 작은 동경도 생겼다.

정확히 무슨 매력 때문인지는 모르겠지만 발레 덕분에 아내의 매력이 더욱 올라가서 애틋한 마음으로 응원하고 있다. 취미로 발레를 시작한 아내는 처음부터 깊이 빠져들더니 몇 개월 후에는 얼굴에 미소가 늘었고, 말과 행동이 더 다정해졌다. 한두 달 하고 그만둘 것 같았던 아내의 친구마저도 재미있다며 2년째 매달 수강료를 같이 결제하고 있다.

이러한 사실들을 바탕으로 '쇼미더머니' 오디션에 참가한 래퍼처럼 발레의 장점들을 속사포로 내뱉으며 전달했다. 특히 아내의 자세가 몰라보게 교정된 점, 마음이 밝아지고 여유가 많이 생긴 점, 덕분에 가정의 분위기가 몰라보게 화목해진 점 등을 강조했다. 그날 'K' 팀장에게 "책을 읽어보시고 아내분께 꼭 발레를 추천하시면 좋을 것 같아요"라고 말하며 책과 발레를 동시에 권하고 헤어졌다.

시간이 지나 설날이 되었다. 'K' 팀장과의 식사 자리에서 나는 "덕분에 《검사내전》을 재미있게 봤어요"라고 말하며 고마움을 표현했다. 'K' 팀장 역시 《위대한 상인의 비밀》을 즐겁게 읽었어요"라고 호응해주어 선물한 보람을 느꼈다. 짧은 안부를 묻고 답한 후 우리 둘의 대화는 아무튼, 《아무튼, 발레》로 집중되었다. 그가 무척 흥미롭게 읽었다며 "집 앞 발레 학원을 검색하고 있어요"라고 말했다. 거기에 더해 "아무튼 시리즈의 매력에 푹 빠져서 《아무튼, 바이크》(김꽃비, 코난북스, 2021)를 시작으로 여러 권을 읽고 있어요"라고까지 덧붙인다. 듣기 좋은 소식에 입꼬리가 슬쩍 올라간다. 발레와 아무튼 시리즈로 즐겁고 긴 대화를 이어가다가 밤이 되어 헤어졌다.

며칠 후, 《자발적 방관육아》(최은아, 쌤앤파커스, 2023)를 읽는데 책 선물을 즐겁게 받아주는 'K' 팀장의 얼굴이 떠올라 그의 직장으로 책을 배송했다. 아이를 키우는 부모에게는 직장생활보다 육아가 더 힘들다. 이번 책도 당첨(?)이 되어 그의 가정에 좋은 영향을 끼치길 기대하며 선물을 보낸다.

어느덧 따스해진 봄날, 결혼을 앞둔 처남이 예비 신부를 정식으로 인사시켜준다고 해서 약속을 잡았다. 중요한 자리에 빈손으로 가는 것은 예의가 아니다. 지적인 아주버님의 이미지를 기대하며 인터넷 서점에서 《긴긴밤》(루리, 문학동네, 2021)을 구입했다. 무료 배송에 10퍼센트 할인도 해주고 덤으로 마일리지까지 적립해주니 돈을 쓰지만 버는 것 같은 착각을 한다.

귀가해서 칭찬받고 싶은 욕심에 아내에게 선물 구매 소식을 전하니, 기대와는 다른 반응을 보인다. "책 선물해도 안 좋아해. 읽지도 않아" 하며 예리한 분석을 내놓는다. "자기는 아직 읽어보기 전이라 그렇게 생각할 수 있어"라고 답하며 아내의 의견을 존중한다.

이 책의 분류는 '아동물'로, 주 독자인 아이들을 대신하여 수많은 엄마를 울린 것으로 더 유명하다. 그림도 많고 글밥도 적은 데다 144페이지로 짧기까지 하다. 넉넉잡아 두 시간이면 완독이 가능하고, 여운은 최소 2년을 보장한다. 특히 서로를 배려하며 부족한 부분을 채워주면서 살아가야 할 신혼에게 주는 교훈이 엄청나다. 결혼 선물로 으뜸인데 속 깊은 마음을 몰라주는 아내가 그저 섭섭할 뿐이다.

늘 그렇듯, 이번에도 아내의 말이 맞은 듯하다. '잘 받았어요'라는 인사는 있지만, 정작 중요한 '잘 읽었어요'라는 인사가 없다. 주는 사람에게만 기분 좋은 선물이 된 것 같은 예감이 든다. 하지만 '긁지 않은 복권'을 전달하는 심정으로 책을 선물했기에 크게 개의치 않는다. 복권이 매번 당첨될 수는 없다. 당장은 결혼 준비로 여유가 없어 읽지 않았지만 잠이 오지 않는 어느 긴긴밤에 책을 찾아 읽고 긴 여운을 느낄 수 있길 바란다.

비록 이번에는 실패했지만 한 권의 책은 한 사람의 인생을 바꿀 만한 힘이 있다는 사실을 잘 알고 있다. 가족이 된 이상 작은 실패에 기죽지 않고 틈틈이 책을 선물할 예정이다. 언젠가는 당첨(?)의 기쁨을 만끽하며 선물한 책에 대해 한참을 웃고 떠들면서 이야기할 수 있는 그날이 오길 기대해본다.

책은 때로는 선물하는 사람만 즐거운 선물이 되기도 한다. 웃을 일이 많지 않은 세상이다. 한 사람이라도 행복하면 그것도 기쁨일 수 있고, 운이 좋으면 둘 모두 활짝 웃게 될 수도 있다. 그래서 나는 선물할 기회가 생기면 아무튼, 책 선물을 한다.

깨진
유리창의
법칙

대학 시절, 만점에 가까운 학점을 받은 학기가 있었다. 올 'A+'로 채워진 성적표에서 딱 한 과목에만 'A'에 '+'가 빠져 있었다. 플러스 하나의 공백이 수석을 차석으로 바꾸었고, 전액 장학금을 반액 장학금으로 만들었다. 눈부시게 좋은 결과인데도 이상하게 기쁨보다 아쉬움이 더 크게 느껴졌다. '올림픽에서 은메달을 딴 선수의 심정이 이렇겠구나' 하고 공감해보는 순간이었다.

매달 25일에 지급되는 급여 명세서에는 학점 4.46을 받았던 학기 성적표에서 혼자 '+' 없이 얄밉게 있던 'A'처럼, 볼 때마다 가슴 아픈 항목이 있다. 소득세와 주민세 그리고 건강보험료가 그렇다. 피와 살을 갈아 넣은 월급에서 또박또박 떼어간다. 급여 인상 시에는 정해진 비율에 따라 정확히 금액을 더한다. 매년 몸집을 키우는 통에 아픔에 익숙해져 무뎌질 수도 없다. 2년간의 군 복무로 국가에 대한 기여가 끝난 줄 알았는데, 앞으로도 20년 넘게 세금으로 국가에 희생을 지속해야 한다. 심지어 월급이 오를수록 억울함은 더욱 커진다.

여느 날처럼 류마티스내과 진료를 본 뒤 수납을 했다. 무심코 지나쳤던 진료비 수납 내역서에 적힌 공단 부담금을 보고 깜짝 놀랐다. 금액이 무려 26만 4천3백 원이다. 총진료비 29만 3천 5백 원 중 환자 부담 총액은 2만 9천2백 원뿐이다. 아홉 배에 해당하는 차액을 건강보험공단에서 지급해주고 있었다. 2주에 한 번씩 주사를 맞고 있으니 한 달이면 52만 8천6백 원, 1년이면 634만 3천2백 원이다. 공단 지원금이 엄청나다. 강직성 척추염은 중증 난치 산정 특례가 적용되어 관련된 진료가 급여인 경우 총액의 10퍼센트만 환자가 부담하고, 나머지 90퍼센트는 국가에서 지원해준다. 해지도 할 수 없는 만년 적자 상품인 건강보험이 아프니까 흑자로 전환되고, 배당금을 대신하여 매년 연말정산 시에는 장애인 인적공제 혜택도 준다. 역시, 미국 전 대통령 오바마가 극찬했던 한국의 의료보험답다.

국가대표 축구 경기가 있는 날이면 붉은색 티셔츠를 꺼내 입고 숨겨져 있던 악마의 본성을 드러낸 후 목이 터져라 '대한민국'을 외치며 응원했다. 육체의 고통으로 몸이 연약해져 있을 때 금전적인 부담으로 마음까지 약해지지 않게 국가가 든든히 지원한다는 사실을 확인하니, 붉은 악마가 되었을 때보다 더 강한 애국심이 샘솟는다. 국가의 은혜를 받고 그냥 끝내는 것이 아니라 자연스럽게 흘려 보내기로 결심한다.

지금 살고 있는 아파트의 지하 주차장과 엘리베이터, 로비와 복도에서 종종 지뢰가 발견된다. 지뢰의 형태는 담배꽁초와 영수증, 캔, 플라스틱 잔 등으로 종류도 다양하다. 규정을 준수하지 않는 이들을 보면 절대 그냥 못 넘어가는 아빠를 닮아, 유치원생 딸도 "누가 여기에 쓰레기를 버렸어", "누가 또 이렇게 주차했어" 하며 지뢰를 볼 때마다 잊지 않고 한 마디씩 더한다. 그러면 나는 조용히 쓰레기를 줍거나 사진을 촬영하여 아파트 관리 앱에 신고를 한다.

댓글에 '세대에 경고 후 이동 주차했습니다', '박스 및 종이류 수거일 안내 드리고, 재발하지 않도록 계도 조치했습니다' 등의 답변이 남겨진 후, 접수된 민원은 처리 완료로 표시된다.

주말에 가족과 쇼핑몰에 방문했을 때, 차에 올라탄 딸이 갑자기 담배 냄새가 난다고 한다. 설마 하며 주변을 둘러보았는데, 앞 차량에서 창문을 열고 담배를 피우고 있다. 엄연한 집합건물법 위반이다. 쇼핑몰 지하 주차장은 금연 구역이고, 흡연 적발 시 과태료가 부과된다.

천성에 애국심이 더해져 국가 세수 증대에 기여하기로 결심하고, 주머니에 있던 스마트폰을 꺼내 버튼을 두 번 빠르게 누른 후 동영상 촬영 모드로 전환한다. 창밖으로 내민 얄미운 왼손과 이글거리는 내 마음같이 불타고 있는 담배를 화면에 담은 후 차량 번호판을 촬영한다. 정확한 범행 시간 기록을 위해 내비게이션에 표시된 시간을 클릭해서 시간에 날짜를 더한 후 영상을 저장한다. 국민 신문고 앱에 들어가서 육하원칙에 따라 민원 접수를 하고 동영상 파일을 첨부한다. 휴대폰 카메라 성능이 좋아진 덕분에 각종 민원 접수가 편해졌다. 세수 증대와 법규 위반 계도를 위해 5분만 투자하면 된다.

어느 날, 친하게 지내는 'E' 기공사에게서 긴급 제보가 들어왔다. 같은 부서의 'S' 선생님이 장애인 주차구역에 주차하고 있는데 장애가 있느냐고 묻는다. 부서원들과의 소통과 호칭 사용에 어려움을 겪고는 있지만 장애가 있다는 이야기를 들은 적은 없었다. 궁금한 것은 절대 못 참는 성격이다. 다음 날 아침, 사실 확인을 위해 신고가 접수된 구역 주변에 주차하고 책을 읽으며 그를 기다렸다.

잠복근무 첫날, 'S' 선생님이 ○○자동차에서 왕가의 품격을 위해 특별히 만든 SUV 차량을 몰고 와서는 장애인 주차구역에 주차를 했다. 라틴어 'Rex'는 왕가, 국왕을 뜻하고 영어 'Tone'은 품격, 기품을 뜻한다. 그가 자리를 떠난 후에 운전석 대시보드를 확인해보니 장애인 주차 스티커가 있다. 그런데 색상이 '노란색'이 아니라 '파란색'이다. 명백한 위법이고, 과태료 대상이다.

노란색 스티커는 운전자 본인이 장애를 가진 경우에 발급되고, 파란색 스티커는 장애를 가진 가족이 있는 경우에 발급된다.

차이가 있다면 파란색 스티커의 경우 장애가 있는 동승객이 탑승한 경우에만 장애인 주차구역을 이용할 수 있다는 것이다. 운전자 혼자 하차하는 것이 발견되면 과태료가 부과된다.

출입구와 가까운 곳에 있는 폭이 넓은 장애인 주차구역은 사회적 약자를 배려하기 위해 만든 공간이다. 왕가의 품격을 가진 사람이라 해도 정부 기관에서 발급해준 올바른 색상의 스티커가 없다면 이용할 수 없다. 차 이름에 품격이 있다고 해서 인격에도 품격이 있는 것은 아니었다.

'S' 선생님은 특별한 능력을 소유하고 있어 단순히 말로 계도하는 것이 어렵다. 그는 늘 본인에게 유리한 내용만 기억하고, 불리한 내용은 절대 기억에 남기지 않는다. 그가 억울해하는 표정을 지으면, 주변인들이 정말 억울해진다. 서로가 억울해지는 상황을 여러 번 겪은 후, 그가 참여하는 회의에서는 회의록과 함께 녹취를 병행하게 되었다. 그는 또한 '선생님'과 '팀장님' 등의 단어를 금기어로 지정해서 호칭이 필요한 상황이 오면 '어', '저', '여기' 또는 '묵음'으로 대신하는 경향이 있다.

스티커가 없는 차량이 위반하는 경우에는 증거 사진만 있으면 되지만, 파란색 스티커가 있는 차량의 경우 신고 절차가 복잡하다. 차를 주차하고, 운전자가 동승자 없이 하차하는 상황까지 모두 영상으로 기록에 남겨야 한다. 더욱이 그는 주차 후, 차에서 바로 내리지 않고 부족한 아침잠을 넉넉히 보충한 후에 내린다. 신고 난도가 최상이다.

작전명을 '낚시'로 하고 작업을 시작한다.

'E' 기공사에게 사용하지 않는 휴대폰을 빌렸다. 아침 일찍 출근해서 범행 장소와 가까운 곳에 주차를 하고, 운전석과 번호판이 잘 촬영되게 휴대폰을 자리 잡은 뒤 동영상으로 켜두었다. 대어를 잡기 위한 낚싯대 투척은 완료되었다. 책을 읽다가 직원식당에서 아침 식사를 하고 업무 준비까지 마친 뒤, 잠시 주차장에 내려가 결과를 확인한다. 왕가의 품격을 위한 차량은 예상대로 넓은 주차 공간에 주차되어 있다.

떨리는 심정으로 낚싯대를 수거해서 서서히 릴을 되감는다. 묵직한 감이 온다. 촬영된 영상을 돌려보니 홀로 하차하는 장면이 정확히 기록되어 있다. 확실한 신고를 위해 날짜와 시간을 먼저 촬영한 후, 저장된 영상을 내 스마트폰으로 다시 촬영한다. 작전 성공이다. 긴 수면 시간 덕분에 동영상 파일의 용량이 크다. 서초구청 담당 주무관의 이메일로 주차 공간이 비어 있던 한 시간 전 사진 자료와 함께 동영상을 첨부해서 발송했고, 일주일 후 반가운 메일을 받았다. 구청 담당자는 신고 처리 결과를 이메일로 회신해주었다. 과태료가 정상 부과되었다며 신고해주어서 고맙다고 한다. 'S' 선생님의 건강에는 아무런 문제가 없다는 것도 같이 확인되었다. 다행히(?) 그에게 장애는 없었다.

이런 나에게 아내는 세상 참 피곤하게 산다며 뭐라고 한다. 하지만 나는 '깨진 유리창의 법칙'을 믿는다. 사소한 무질서를 방치하기 시작하면 심각한 무질서가 일어날 수도 있다. 지금 조금 피곤하더라도 자녀 세대를 위하여 악의 근원은 일찍 뿌리 뽑아야 한다. 이러한 생각을 품고 행동으로 실천하는 사람이 늘어날수록 규정을 위반하는 사람이 더욱 빨리 줄어들 수 있다.

퇴근길, 앞 차량이 영하의 날씨에 운전석 창문을 열고 있다. 이런 경우 열에 아홉은 흡연 중이다. 담배에 대한 운전자의 의지가 대단하다. 꽁초를 차 안에서 처리하길 바라는 나의 마음과는 다르게, 양심과 함께 길에 던진다. 하지만 신고를 향한 내 의지도 만만치 않다. 주차장에 차를 주차한 후 블랙박스에서 SD 카드를 꺼내 귀가한다. 지원받고 있는 건강보험을 생각하며 애국자 모드로 전환한 후, 증거 화면이 담긴 영상을 노트북에 저장하고 국민신문고에 접수한다.

보는 이가 없다고 해서 하지 말아야 할 행동을 해서는 안 된다. 인간에게는 지켜야 할 양심이라는 게 있다. 인격과 품격은 갖추지 못하더라도 최소한 양심은 지키고 살았으면 한다.

나이는
숫자에
불과하다

중학생 축구 선수가 국가대표에 선발되어 월드컵 무대에서 뛸 수 있는 확률이 고작 0.04퍼센트라고 한다. 월드컵과 국가대표라는 목표를 향해 젊음을 희생하는 축구 꿈나무들에게 현실은 너무 냉혹하기만 하다. 마찬가지로 방사선과 신입생들은 졸업 후 '빅5 병원'에서 근무하는 것을 꿈꾸지만 현실은 녹록지 않다. 졸업과 동시에 이 병원들에 입사하는 것은 축구 국가대표 선발만큼이나 경쟁이 치열하다.

방사선과는 국내 45개 대학에 개설되어 있고, 매년 신입생 2,400여 명이 입학을 한다. 3년 또는 4년의 교육 과정을 이수하면 국가고시에 응시할 자격이 주어지고, 시험에 합격하여 면허를 취득한 경우에만 '채용 서바이벌'에 참여할 기회가 주어진다. 서바이벌의 코스는 '정규직, 계약직, 인턴' 세 가지로 나뉜다. 코스별 난도는 병원의 규모와 정규직 전환 가능성에 따라 달라진다. 궁극적인 목표인 '빅5 병원'의 정규직 입사 가능성이 높을수록 경쟁의 난도가 높아진다.

신규 채용 시 근무조건이나 업무 난도는 비슷한 수준이지만 급여 차가 크다. 정규직과 계약직은 비슷한 수준이지만 인턴의 경우 정규직 급여의 제일 앞자리 숫자에서 '1'이나 '2'가 빠진다. 작은 숫자이지만 자리 잡은 위치상, 체감하는 잔인함은 엄청나다. 급여가 적음에도 정규직 전환 조건이 걸린 인턴의 경우는 경쟁률이 높고 지원자들의 스펙이 상당하다. 해가 갈수록 정규직 채용이 조건부 채용으로 대신하는 비율이 늘어나고 있어, 졸업생들이 서바이벌에서 살아남기가 점점 더 어려워지고 있다.

졸업을 앞두고 두 달간 병원에서 현장 실습을 할 기회가 주어진다. 2개 학교, 16명 학생들이 두 명씩 짝을 지어 일주일씩 파트를 돌아가며 8주간 실습을 진행한다. 실습의 많은 시간을 벽에 바짝 붙어서 관찰하다 보니 실습생들에게는 '스파이더맨'이라는 애칭이 붙는다.

어벤져스 체험을 하는 동안, 1년 전 스파이더맨 임무를 완수한 후 현재는 다른 임무를 수행 중인 진정한 어벤져스를 만났다. 그는 하얀색 와이셔츠에 넥타이를 매고 겉에는 흰 가운을 입고 있었다. 와이셔츠 안에는 가슴에 크게 'S'가 빨간색으로 새긴 파란색 티셔츠를 입었을 것만 같다. 환자 호명과 촬영 자세 조정부터 마지막 정리까지 그는 몸이 두 개인 듯 빠르게 움직였고, 일과가 끝나기 전에는 장비를 포함하여 촬영실 청소까지 깔끔하게 마무리했다.

'슈퍼맨'처럼 움직이는 그는 채용 서바이벌 1차 관문을 통과하여 정규직이 되기 위한 '인턴 코스'를 진행 중이었다. 1년 시용 평가 이후 2차 관문을 통과하면 정규직으로 전환될 가능성이 높은 상황이다. 넘치는 열정에 정규직이라는 희망이 더해진 덕분에 그는 초인적인 힘을 발휘하여 촬영실에서 슈퍼맨처럼 임무를 잘 수행하고 있었다.

나 역시 계약직으로 4년간 두 곳의 직장에서 근무한 경험이 있다. 두 직장은 모두 주 5일 근무였고, 계약기간은 2년으로 동일했다. 한 곳은 숙식을 제공해주고 정규직 전환을 내 의지로 선택할 수 있었으나 급여가 굴비보다 짰다. 다른 한 곳은 급여가 솜사탕처럼 달콤했지만 계약기간이 녹아내리는 솜사탕처럼 느껴져 아쉬웠다.

첫 번째 근무지는 열악한 근무조건으로 채용 서바이벌의 난도가 0에 가까운 곳이었다. 심지어 입사를 원하지 않는 건장한 청년들과 강제로 2년간의 계약을 체결하기도 한다. 월 급여는 10만 원 미만이었으나 정규직 전환을 요청하면 급여가 20배 가까이 상승하게 된다. 나 또한 복무 중 부사관을 지원하면 정규직인 하사로 전환될 수 있었지만 더위를 못 견디고 입이 짧은 탓에 적성에 맞지 않아 계약 종료와 동시에 자발적인 퇴사를 선택했다.

나머지 한곳이 지금 근무하는 '로비에 성당이 있는 건물'이다. 채용 서바이벌 1차 관문을 통과하여 계약직으로 근무하게 되었다. 급여는 정규직과 동일했고, '2년 만기 1년 갱신형'으로 계약서를 작성했다. 병원이 확장 이전하면서 치과 실적이 좋아진 덕분에 2차 관문까지 무사히 통과해서 정규직으로 전환되는 행운을 얻을 수 있었다.

입사 동기들은 2년간 기쁨과 슬픔을 함께 나누었다. 초심을 잃지 않기 위해 퇴근 후에는 지친 몸을 이끌고 '처음처럼'이란 글자를 읽기 위한 모임도 자주 가졌다. 쌓여가는 초록색 병의 수만큼 '정'도 깊어졌다. 특히 남자 치과위생사 형과 동갑인 치과기공사와는 삼총사처럼 매일같이 어울렸다. 20대의 마지막에 하루 열두 시간 이상을 함께하다 보니 군대 동기와 같은 전우애가 쌓였다.

정이 든 동기들을 어쩔 수 없이 떠나보낼 때는 마음이 정말 아팠다. 이후로도 계약직의 자리는 또 다른 계약직이 채우는 경우가 대부분이었다. 그날이 되면 내 일은 아니지만 내 일처럼 가슴이 아팠다. 그들은 하나같이 밝고 착하고 성실했다. 대부분의 경우 여러모로 볼 때 나보다 능력도 뛰어났다. 자격이 미달이어서가 아니라 빈자리가 없어서 아까운 인재들을 떠나보내는 경우가 많았다.

사람은 누구나 장단점이 있다. 장점의 비중이 확연히 큰 경우가 대부분이지만 가끔 반대인 경우도 있긴 하다. 하지만 사람마다 특성이 다를 뿐 모두가 각자에게 맞는 역할이 있음을 생각하면, 계약직이라는 사회적 제도는 늘 아쉽게 느껴진다.

'3전 4기' 도전의 아이콘인 학교 동기가 있다. 그는 평범한 학점에 적당한 영어 성적 등 특별할 것 없는 스펙이지만 운의 도움을 많이 받아 첫 직장으로 대학병원에 입사하는 행운을 얻었다. 2년 계약 종료 이후에는 경력 덕분에 규모가 더 큰 대학병원에 취업할 수 있었다. 그렇게 4년간 비정규직으로 근무하면서 나이가 많아져 포기할 줄 알았던 그가 이번에는 빅5 병원 취업에 성공했다.

당시에 대학병원 5년 차 계약직이 되는 것은 나이 문제로 인해 졸업과 동시에 정규직이 되는 것보다 어려운 확률이었다. 마지막 희망인 그곳에서는 꼭 정규직으로 전환되길 모두가 응원했다. 하지만 그가 병원 세 곳에서 6년간 비정규직으로 일하는 동안 행운의 여신은 그의 손을 들어주지 않고 그와 밀당을 이어갔다. 밀당 7년 차에 서울 강남구 일원동에 있는 종합병원에서 정규직 모집 공고가 올라왔는데, 그는 포기하지 않고 부족한 스펙을 경력과 논문으로 채운 이력서를 제출했다. 설마설마했는데 그가 합격 소식을 전한다. 방사선사들의 로망인 강남구 일원동의 '별이 세 개'가 이름에 들어간 빅5 병원 취업에 성공한 것이다.

모두가 늦었다고 생각한 나이에 정규직의 꿈을 이룬 그를 나는 '불사조'라고 부른다. 포기하지 않고, 꿈을 향해 계속 도전한 그에게 나이는 그저 숫자에 불과할 뿐이었다.

능력이 부족해서 취업에 실패했다고, 정규직이 되지 못했다고 생각하지 않길 바란다. 그저 때가 안 맞았을 뿐이라고, 더 좋은 곳으로 가기 위한 과정이었다고 생각하면 좋겠다. 누구든지 포기하지 않고 최선을 다하다 보면 반드시 원하는 것을 이룰 수 있는 날이 올 것이다. 내 친구 불사조가 이를 증명했다. 누구나 의지가 있고 포기만 하지 않는다면 언젠가는 본인에게 맞는 자리에 갈 수 있는 기회가 주어질 것이라 믿는다. 그리고 그날이 올 때까지, 소중한 사람들은 묵묵히 응원을 계속해줄 것이다.

4부

숨은 행복 찾기

딸 바보의
탄생

강직성 척추염은 유전질환이다. 내 자녀가 나와 같은 아픔을 겪는다고 생각하니 아이 갖기가 두려웠다. 결혼한 지 5년이 지나고 어느 정도 관리가 되면서 아이를 갖기로 결심했다. 돌이켜보면 진단받고 안정된 치료까지가 어려웠지, 그 이후로는 견딜 만했다. 아프고 힘들지만 충분히 행복했다. "아파도 다시 태어날 거냐?"라는 질문에 "아파도 다시 태어날 거다"라는 답변을 고민 없이 할 수 있을 것 같았다. 결심을 하고 임신 준비를 시작했다.

평소 근무시간에는 연락을 잘 하지 않는 아내에게 전화가 왔다. 통화 버튼을 누르니 심하게 떨리는 아내의 목소리가 들린다. 임신 테스트기에 두 줄이 나왔다고 한다. 그런데 유효기간이 지나서 오류일 수도 있으니 퇴근길에 테스트기를 새로 사오라고 한다. 임신 사실을 알린 건지, 테스트기 구매 심부름을 시킨 건지 정확히 구별이 안 되었다. 하지만 그 순간 가슴이 두근거리기 시작했고 손은 미세하게 떨렸다. 눈시울이 붉어짐과 동시에 평생 경험해보지 못했던 벅찬 감정이 끓어오르는 게 전화기 너머까지 전해졌다. 어느덧 우리는 부모가 될 준비가 되어 있었던 것이다. 테스트기의 오류가 아니길 간절히 기도했고, 다행히 새로 구매한 테스트기에서도 두 줄이 확인되었다. 그날 밤, 부부는 첫 만남 때처럼 설레는 감정으로 서로를 안아주었다.

며칠 뒤, 산부인과에 가서 초음파 검사를 하고 임신 6주가 되었음을 확인했다. 임신 사실을 알려주는 선생님 책상 위에 하리보 젤리가 가득 놓여 있었고, 돌아오는 차 안에서 아내와 "선생님이 하리보를 엄청 좋아하는 것 같아"라는 이야기를 나눴다.

임신 12주에는 아기 곰이라 표현하는 귀여운 태아의 모습이 초음파로 보인다. 선생님이 책상 위에 놓여 있던 하리보를 하나 건네면서 "아기가 지금 이만해요. 초음파상에서는 제일 예쁜 시기예요"라고 말한다. 책상 위 하리보는 '이제 주변에 임신 사실을 알려도 된다'는 축하 인사용 선물이었다.

4주가 더 지나고, 드디어 태아의 성별을 확인할 수 있는 16주가 되었다. 임신을 준비하면서부터 딸이 태어나길 간절히 소망했고, 그 이유는 여느 사람들과는 좀 달랐다. 강직성 척추염은 남성보다 여성에게서 발병률이 낮다는 통계가 있기 때문이었다. 선생님 입에서 '아빠를 닮았어요'라는 말이 나오지 않기를 기대했고, 다행히 '엄마를 닮았어요'라는 말을 들었다. 기쁨과 함께 안도가 찾아왔다.

태아는 엄마 배 속에서 무럭무럭 잘 자랐다. 초음파상으로 손가락 열 개와 발가락 열 개가 있다는 것도 확인했다. 당연한 소리가 당연하지 않은 큰 다행으로 여겨져 감사했다. 출산 예정일이 다가오지만 수줍은 태아는 3D 초음파상에서 단 한 번도 얼굴을 보여주지 않았다. 성격은 급했는지 38주 만에 세상으로 나왔다. 딸아이가 태어나 아빠와 처음 눈을 마주친 순간, 나는 바로 '딸 바보'가 되었다.

유치원생이 되어서도 여전히 수줍음이 많은 딸아이는 엘리베이터를 타면 가장 구석으로 간다. 우연히 만난 어른들이 예쁘다고 먼저 인사해주면 자라가 되어 고개를 숨긴다. 처음 보는 친구를 만나면 어색해하지만 얼굴을 자세히 보면 웃고 있다. 친구들과 '따로 또 같이 있는 것'만으로도 행복해한다. 완전한 일원이 되어 같이 놀 때는 입이 귀에 걸린다. 수줍음이 많지만 일단 친해지면 '인싸'가 된다. 유치원 원장님은 딸아이를 '댄스 왕'이라고 부른다.

이처럼 아빠를 닮아 내성적이면서도 적극적인 딸아이에게 유대인들의 교육법인, 질문을 던지며 스스로 답을 찾을 수 있도록 유도하는 하브루타(havruta)를 실천하려고 노력한다. 하지만 몸이 아플 때면 인내하지 못하고 화브루타(?)를 하고 만다. 적극적인 질문 대신 화를 던진다. 하브루타와 화브루타, 후회와 반성을 반복한다. 컨디션이 좋은 주말에는 주로 하브루타를, 퇴근 후 힘든 평일에는 화브루타를 많이 한다.

눈치가 빠른 딸아이는 아침에 눈을 떴을 때 아빠가 옆에 있으면 키즈 카페를 갈 확률이 높음을 알고 목소리를 높여 '아빠'를 부르며 안긴다. "오늘은 뭘 하면서 놀면 좋을까?"라는 질문으로 하브루타를 시작한다. 이런 부녀를 보고 아내는 주말에만 죽고 못 산다며 '주말 부녀'라고 부른다.

부모가 되고 보니 부모님의 사랑이 더 크게 느껴진다. 여섯 살 터울의 여동생을 임신한 어머니의 배가 만삭이었던 때로 기억한다. 당시 나는 일곱 살, 초등학교 1학년 여름방학이었을 것이다. 디지털카메라가 없던 시절이었다. 우리 가족은 새로 장만한 카메라에 필름을 장전하고 어린이대공원에 갔다. 셔터 누를 생각에 들떠 있던 나는 카메라를 목에 걸고 달려가다가 그만 넘어지고 말았다. 새 카메라는 산산조각이 났다. 어린 나이에 육체적 아픔보다 새 카메라를 부순 것에 대한 두려움이 더 컸던 것으로 기억한다.

그런데 딱히 부모님께 혼난 기억이 없다. 넘어진 나를 보고 달려와준 아버지와 따뜻하게 안아준 어머니의 모습만 떠오른다. 비록 그날 새 카메라로 사진은 한 장도 못 찍었지만 나를 아끼고 걱정해주신 부모님의 사랑은 영원토록 가슴에 새겨졌다. 그날 일이 떠오를 때마다 나도 그런 부모가 되어야겠다고 다짐한다.

딸아이가 아빠의 유전자로 인해 강직성 척추염을 진단받게 될 수도 있다. 몸은 아파도 마음만은 아프지 않길 바란다. 마음의 근육이 단단해질 수 있도록 사랑한다는 말을 많이 하려고 노력한다. 자주 안아주고 간지럽힌다. 하브루타를 하려고 하지만 아직도 가끔 화브루타를 한다.

부족한 아빠의 사랑은 할머니, 할아버지가 된 나의 부모님이 채워주신다. '아이 한 명을 키우는 데 온 마을이 필요하다'라고 하더니 부모가 그 부모의 덕을 본다. 자식을 사랑하는 부모의 마음은 자식을 낳았는데도 온전히 이해하기가 어렵다. 다만 아이의 밝고 선한 웃음이 온 가족의 희생에 대한 보상으로 충분할 수 있다는 사실은 알게 되었다.

아이의 웃음이 커질수록 희생에 따른 보상도 커진다. '딸 바보'라는 타이틀이 부끄럽지 않게 아이가 더 많이 웃을 수 있도록 더 자주 안아주고, 간지럽히고, 사랑한다고 말해야겠다.

두 가지
소원

그날이 되었다. 달력에 적힌 숫자의 색이 검은색에서 빨간색으로 변하고, 이웃집들의 불이 켜지는 시간이 평소보다 조금 더 늦어진다. 아침에 눈을 떠 아빠가 옆에 있음을 발견한 딸아이는 입꼬리가 살짝 올라가면서 상냥한 목소리로 "다 잤어"라고 이야기한다. 안방 화장실 문을 연 후 딸아이를 변기에 앉히고 시계를 보니 08시 05분이다. 잠에서 깨었을 때 시계 맨 앞자리의 숫자가 '0' 대신 '1'이 되던 휴일 아침의 여유를 느껴본 지가 언제인지 기억조차 나지 않는다. 하나뿐인 딸은 등원하는 날에는 깨워도 안 일어나지만 휴일은 기가 막히게 알고 깨우기 전에 먼저 일어나 휴대폰 알람을 대신한다.

육아는 팀워크가 생명이다. 넌지시 고개를 돌려 확인하니 다행히 아내는 아직 깨지 않았다. 한 사람이라도 숙면을 취해야 긴 하루를 수월하게 버텨낼 수 있다. 새벽 시간까지 아이 옆에서 뒤척였을 아내의 숙면을 위해 딸의 손을 잡고 거실로 나오니 해님이 반기고, 온몸은 쑤시기 시작한다.

일일 육아 조교를 자청한 딸은 본격적으로 지시를 시작한다. "아빠, 책 읽어줘." 첫 번째 미션이 떨어진다. 오래전 아내의 임신 소식을 알고 나서는 딱 두 가지 바람만 있었다. 엄마를 닮아 건강하고, 아빠를 닮아 책을 좋아하는 아이로 성장하길 바랐다. 염원하던 꿈이 현실이 되었다는 기쁨을 느낄 여력도 없이 잠긴 목으로 캑캑대며 글을 읽어주다 보면 금세 한 권이 끝난다.

"아빠, 또 읽어줘." 그제야 물 한 모금을 마신다. 식도를 타고 내려가는 투명한 액체에서 단맛이 느껴진다. 힘을 내어 다시 한 권을 읽는다. "아빠, 또 읽어줘." 세 번째로 반복되는 아이의 요구에 바라던 소망을 이루었다는 행복감을 맛봐야 하지만 현실은 자꾸만 피로가 기쁨을 이기려고 한다. 네 번째 요구가 전달되기 직전, 위기를 모면하기 위해 아이의 시선을 슬그머니 다른 곳으로 돌린다.

"아침 먹고 또 읽자. 뭐 먹고 싶어?"라고 물으면 "달걀"이라고 답한다. 주말 아침의 루틴이다. 아이는 혀에서 느껴지는 달걀 본연의 맛보다는 껍데기를 깔 때 느껴지는 손맛을 더 좋아하기 때문에 딱히 질릴 이유도 없다. 타이머를 12분 30초로 맞추고, 책을 두 권 더 읽고 나면 스마트폰이 부르르 떨며 우렁차게 소리를 내기 시작한다. 군 복무 시절에 일과 시간이 끝났음을 알리며 힘차게 울려 퍼졌던 군가처럼 듣기 좋은 소리다. 잠깐의 휴식을 얻을 수 있다는 기대에 재빨리 달려가 뜨거운 달걀을 찬물에 담가 식혔다가 꺼낸다.

달걀을 테이블에 부딪는다. '딱' 하는 경쾌한 소리가 귀를 통해 들어오면, 머리로 서서히 만족감이 전해진다. 손끝을 이용할 줄 모르는 아이는 아직까지 껍데기를 까는 게 쉽지 않다. 삶은 달걀의 매끈한 속살을 보려고 집중하는 딸에게 이 행위는 '노동'이 아니고 '놀이'임을 강조하며 슬그머니 휴식을 이어간다. 곧이어 겉이 여기저기 파인 거친 표면의 흰자를 만나자, 아이는 스스로 해냈다는 뿌듯함과 주린 배를 채운다는 기대감이 뒤섞여 입가에 살짝 미소가 번진다.

한 알을 다 먹고 나면, 딸아이의 흥미가 떨어지지 않도록 얼른 나머지 달걀을 쥐어주며 목소리를 높여 "더 높게"를 외친다. 아빠의 독려에 신이 난 딸은 급기야 일어나서 높은 곳에서 달걀을 떨어뜨린다. 달걀 껍데기가 심하게 망가질수록 아이는 더 기뻐하고, 아빠도 더 격하게 호응한다. 반응이 좋아야 껍데기를 계속 까기 때문이다.

세 알을 다 먹고 나니 슬슬 질리는지 "이제 그만 먹을래" 하고 말한다. 휴식 시간을 늘리기 위한 마지막 몸부림으로 남은 한 알을 건네며 "서아가 잘 까니까, 아빠 것도 까줘" 하고 부탁한다.

"칭찬은 고래도 춤추게 한다"라는 말은 역시 진리다. '잘'이라는 부사에 기분이 좋아진 딸은 배고픈 아빠를 위해 달걀을 까는 데 다시 집중한다.

'배'보다 '휴식'이 더 고팠던 아빠는 마지막으로 짧은 휴식을 조금 더 취하고 꾀부린 벌을 받아야 한다. 좋아하지도 않는 삶은 달걀을 입에 넣으니 평소보다 목이 더 멘다. 그렇게 책을 다섯 권 읽고, 달걀을 네 알 먹은 후 시간을 보면 한나절은 지난 것 같지만 현실은 이제 겨우 한 시간이 지나 있다. 국방부 시계보다 더 느린 시계가 존재한다는 사실을 군 복무 중인 장병들에게 이야기해주면 아무도 믿지 않을 것 같다.

주말 오후, 부녀는 오전에 쌓은 정신적 교감에 이어 육체적 교감까지 더하기 위해 키즈 카페에 간다. 아이를 따라 그물망에서 낮은 포복을 하고, 어느덧 훌쩍 커버린 몸으로 미끄럼틀을 타다 보면 군 복무 시절 유격 훈련의 추억이 떠오르기도 한다. 수류탄 크기의 작은 공을 스크린을 향해 계속 던지는 순간에는 볼풀장이 참호 격투장처럼 느껴지고, 빨간 모자를 쓴 조교의 역할은 체력 좋은 딸이 대신한다.

PX처럼 알찬 과자로 구성된 매대가 있다는 점이 유일한 위안이 된다. 육체적 고통이 극에 달하면 아이를 과자로 유인하여 잠시 휴식을 취할 수 있다. 2년같이 길게 느껴지는 두 시간을 보내고 귀가한 후, 아내에게 딸과의 교감을 인계하고 잠시 휴식을 취한다. 한 시간 정도 꿈만 같은 자유를 얻고 나서 온 가족이 진짜 카페에 방문한다. 커피와 빵을 즐기면서 웃음꽃이 피는 평화로운 시간을 보낸 뒤, 저녁 외식까지 하고 귀가하면 어느덧 아이의 목욕 시간이다.

목욕이 끝난 후 잠자리에 들기 전까지 오전에 이어 다섯 권 정도의 책을 더 읽는다. 아이는 분량을 다 소화하고 나서도 방에 들어가지 않으려고 한다. "양치하고 나면 한 권 더 읽어줄게" 하고 약속하니 그제야 못 이긴 척 칫솔을 든다. 칫솔질 후 '오글오글 퉤'를 다섯 번 하고 스리슬쩍 침대로 향하는 아빠를 일일 육아 조교는 역시나 가만두지 않는다. "아빠, 책 읽어야지" 하고 단호하게 말하는 아이를 보면서 소원이 이루어졌다는 기쁨을 느껴야 하는데 자꾸만 피로감이 행복감을 이기려고 한다.

눈꺼풀이 스스로 내려오려고 기를 쓰는데 아이는 말똥말똥한 눈으로 책을 더 읽어야 한다고 한다. "아빠, 약속은 지켜야지"라는 딸의 다그침에 도망칠 명분도 없다. 고민 끝에 "빠르게 읽어줄게"라고 말하고 빠른 속도로 읽으려는 꾀를 낸다. '빠르게'라는 말의 의미를 빠르게 이해한 딸아이는 몹시 다급해지며 큰 목소리로 "아빠, 미지근하게 읽어줘"라고 말한다. 옆에서 듣고 있던 아내가 '피식' 하고 웃는다. 유치원생의 어휘력 사용이 남다르다. 책을 많이 읽어준 보람을 느끼며 미지근하게(?) 평소 속도로 책을 읽기 시작한다.

마지막 책의 제목은 《네가 엄마 배 속에 있었을 때》(그레이트북스)이다. 아이가 엄마 배 속에서 있었을 때부터 얼마나 소중한 존재였는지를 설명해주는 책인데, 딸에게 동화책을 읽어주다 보면 가끔씩 어른인 내가 더 큰 깨달음을 얻기도 한다. 작가는 아이가 태어난 후에도 여전히 귀한 존재임을 알려주기 위해 배 속에서 나온 아이가 여전히 엄마 마음속에 있다고 표현한다.

소녀 감성의 아빠는 홀로 감정이 이입되며 아이에게 "아빠 가슴에도 서아가 있어"라고 속삭인다. 그러고 나서 "서아 가슴에도 아빠가 있어?"라고 물으니, 질문을 받은 딸아이는 1초의 망설임도 없이 "응"이라고 대답한다. 감기던 눈이 갑자기 커진다. 이어지는 "엄마도 있지?"라는 질문에는 0.1초 만에 "응"이라고 답한다.

아이 가슴에 엄마가 더 크게 자리 잡고 있다는 사실을 알면서도 혹시나 하는 기대로, "엄마가 더 크겠네?"라고 질문을 던지니 아이가 이번에는 0.01초 만에 "아니"라고 답을 한다. 입꼬리가 귀를 향해 길게 늘어지면서 "그럼 엄마랑 아빠랑 같아?"라고 물으니, 0.001초 만에 "아니, 아빠가 더 커"라는 예상치 못한 답을 한다. 키즈 카페에서 커다란 몸을 작은 원통 미끄럼틀에 구겨 넣고 땀으로 가속도를 붙여 미끄러져 내려온 보람이 느껴지면서 "왜?"라고 물으니 예상치 못한 답을 한다. "아빠 키가 더 크니까."

그렇다. 아이의 마음에는 정말 아빠와 엄마가 있었던 것이다. 그것도 실존하는 그 모습 그대로. 아이를 키우면서 동심을 품은 아이에게 많은 것을 배운다. 약속을 꼭 지켜야 하고, 양보도 잘해야 한다. 줄도 잘 서야 하고, 나쁜 말도 하면 안 된다. 아이는 어른의 말투와 행동을 보고 배운다. 타인을 배려하고 예쁜 말을 하는 어른이 많아질수록 아이의 순수함이 오래 지속될 수 있다. 어른들이 어린 시절에 읽었던 동화책 내용대로만 살아간다면 세상이 참 따스해질 것 같다는 생각을 하며, 대학 교양과목에 〈이솝우화〉가 있었으면 하는 상상을 하면서 잠이 든다.

두 가지 소원 중 한 가지는 이미 이루어졌다. 아이가 아빠를 닮아 책을 좋아한다. 눈앞에 있는 보물을 알아보지 못하고 먼 여행을 떠났던 《연금술사》(파울로 코엘료, 문학동네, 2001)의 주인공처럼, 그토록 바라던 선물이 바로 앞에 있는데 책을 읽어달라는 아이를 두고서 자꾸만 딴생각을 한다. 만성피로에 시달리는 대한민국 직장인 아빠이지만 아이가 아내 배 속에 있었을 때를 생각하며 열심히 책을 읽어주기로 결심한다. 이제 한 가지 소원만이 남는다. 아이가 엄마를 닮아 건강하게 자라기만을 기도한다.

사랑하는 딸과 때 묻지 않은 순수한 아이들이 책을 더욱 가까이하면서 건강하게 성장하길 바라본다.

산타클로스

세상은 눈으로도 볼 수 있고, 마음으로도 볼 수 있다. 눈이 잘 보이지 않으면 안경을 쓰면 되고, 눈동자에 투명한 렌즈가 더해지면 세상이 더 선명해진다. 반면 비슷한 이름의 색안경은 마음이 아픈 사람들에게 씌워지고, 마음으로 보는 세상을 더 어둡게 만든다.

중학교에 입학하면서 칠판 글씨가 잘 보이지 않아 안경을 쓰기 시작했다. 눈이 잘 보이니 수업에는 도움이 되었지만 공부보다 중요한 축구에는 방해가 되었다. 날아오는 공은 더 잘 보였지만 헤딩을 할 때는 불편했다. 스트라이커의 자부심으로 열심히 뛰다가 골 대신 안경을 골대에 몇 번 넣었다. 알이 깨지고 안경테가 부러지는 일이 반복되면서 자연스레 마라도나 같은 멋진 축구 선수가 되려는 꿈을 포기하게 되었다. 이후로도 안경을 착용하면서 불편한 점이 많았다. 안경알에 습기가 차오를 때 불편함이 컸고 안경닦이를 챙겨 다니면서 수시로 닦는 게 불편했다.

스무 살의 겨울, 시력 교정이 되지 않아 방문한 안과에서 매서운 추위보다 더 차가운 소식을 들었다.

"원추각막입니다. 병이 진행되면 실명이 될 수도 있고, 각막 이식이 필요할 수도 있습니다. 일단 특수 하드렌즈를 착용해서 병의 진행을 억제해야 합니다."

안경을 쓴 안과 의사는 앞이 창창한 청년에게 앞으로 앞을 볼 수 없게 될 수도 있다는 끔찍한 소식을 별일 아니라는 듯 담담히 전했다. 공감이 필요한 상황인데 환자를 대하는 거나 의무 기록을 남기는 그의 손동작까지 모든 것이 기계적으로 느껴졌다. 동정조차 허락하지 않는 매몰찬 의사를 뒤로하고 안과 문을 박차고 나왔다. 지금 보는 세상을 계속 볼 수 없을 수도 있다는 생각에 정신을 차릴 수가 없었다. 사람 없는 인도에서 눈을 감고 조심스럽게 몇 걸음을 걸어보았다. 눈물이 주르륵 흘러내렸다.

집에 돌아와 원추각막에 대해 검색해보니 '로비에 성당이 있는 건물'과 명동에 있는 의원 중 '성모'가 이름에 들어간 안과가 유명하다고 나온다. 후자가 접근이 수월할 듯하여 예약하고 방문하니, 벽에 걸린 해외 의료봉사 사진에서부터 의사 선생님의 인품이 느껴진다. 선생님의 마음이 아프리카의 날씨처럼 따뜻할 것만 같았다.

몇 가지 검사를 한 뒤, 두근거리는 심장을 부여잡고 기다리니 곧이어 이름이 호명된다. 안경을 쓴 원장님이 기계로 눈과 검사 결과를 번갈아 보더니 "원추각막이 맞네요"라고 진단한다. 혹시나 하는 기대가 무너져 내린 순간, "렌즈를 착용하면 교정시력은 높아지나 불편할 수 있으니 안경을 착용하면서 지켜보는 게 어떨까요?" 하고 제안한다.

예상치 못한 선생님의 권유에 평소보다 빠르게 움직였던 심장이 서서히 평상시 리듬을 되찾는다. 안경을 계속 쓸 수 있다는 부푼 희망을 안고 안경 도수 교정을 진행했고, 시력검사표와 렌즈를 오랜 시간 오가며 고생한 직원의 노력으로 교정시력이 0.5에서 0.6으로 상승되었다. 0.1이라는 작은 숫자가 이렇게 큰 의미가 있다는 사실이 그저 놀라울 따름이었다. 안과 문을 열고 나온 세상은 이전보다 더 밝아져 있었다.

그 후로 20여 년을 안경을 쓰고 생활했다. 멀리 있는 사람들의 얼굴이 잘 안 보이니 인사를 안 한다는 오해를 많이 받은 것 빼고는 크게 어려움 없이 잘 살아왔다. 30대 이후로는 병의 진행 속도가 급격히 늦어진다고 하는데 어느덧 40대가 되었다. '로비에 성당이 있는 건물'에 입사할 때만 해도 각막이식을 걱정했고, 안과가 가장 유명한 병원에 취업한 게 운명처럼 느껴지기도 했다. 시간이 흐르고 나이에 숫자가 더해질수록 안경을 벗지 않아도 될 것이라는 기대감도 함께 커졌다.

가을에서 겨울로 계절이 바뀔 때, 아이의 영유아 검진을 위해 소아과에 방문했다. 필요성을 딱히 느끼지는 못했지만 정해진 일정에 맞춰 키와 몸무게를 확인하고 시력 측정을 진행했다. 그런데 간호사 선생님이 시력검사표를 가리키는데 아이가 조용하다. 검사 방법을 모르는 것이겠지 생각하는 와중에 선생님이 "아이가 아직 숫자를 모르나요?"라고 묻는다. 원, 투, 쓰리도 아는 다섯 살 영재에게는 어울리지 않는 질문이다. 수줍어서 말을 안 하는 것이라 생각하고, "아니요, 숫자는 알고 있어요"라고 목소리에 힘을 주어 대답했다. 아이의 귀에 대고 "선생님이 가리키는 숫자를 말하면 돼"라고 다시 한번 설명해주었다.

이후로도 시력이 평균에 한참 못 미치는 내 눈에 선명히 보이는 숫자들을 가리키는데 아이는 계속 안 보인다고 대답했다. 크리스마스가 얼마 남지 않은 12월, 산타 할아버지의 방문을 애타게 기다리는 어린 딸에게 원하지 않는 사시, 약시, 원시가 종합 선물 세트로 배달되었다. 알이 두꺼운 개구리 안경에 한쪽 눈을 가리는 가림막 치료와 수술까지도 필요할 수 있다는 생각에 눈앞이 캄캄해졌고, 한숨이 길게 내쉬어졌다.

소아과 선생님의 오진이길 간절히 기도하며 안과에 가서 검사를 받았다. 바람과는 다르게 안과 선생님은 의뢰서를 써줄 테니 빨리 큰 병원에 가보라고 한다. 원추각막은 유전질환이다. 죄인 된 심정으로 아이의 상태가 원추각막과 연관이 있는지 물었다. "아직은 어려서 알 수가 없어요"라는 답변을 들으니 가슴에 언제 터질지 모르는 시한폭탄을 하나 보관해둔 기분이었다.

아빠 회사에 맛있는 아이스크림 가게가 있다는 핑계를 대며 아이와 병원에 왔다. 정밀 검사를 진행한 후에 선생님의 입에서 안경을 써야 한다는 말이 나왔다. 20여 년 전에는 안경을 계속 쓰자는 안과 선생님의 말이 희망을 전하는 천사의 목소리처럼 들렸고, 평생 안경을 벗고 싶지 않았다. 그런데 지금은 같은 말인데 '앞을 볼 수 없게 될 수도 있다'라는 악마의 속삭임처럼 끔찍하게 들린다. 작은 얼굴에 두꺼운 렌즈가 무겁지나 않을까. 안경 대신 색안경을 낀 아이들이 놀리지나 않을까. 이런저런 걱정이 들며 마음이 무거워졌다.

안경점에 방문해서는 아이의 스트레스를 줄여주기 위해 연기자 모드로 전환한다. 이 안경, 저 안경 써보면서 딸에게 예쁘냐고 물어보니 예쁘다고 답해준다. 연기의 몰입도를 높여 "아빠도 안경이 너무 사고 싶다"라고 말하니, 조금 떨어져 있던 아내가 듣고는 "자기는 얼마 전에 샀잖아. 안 돼"라고 단호하게 말한다. 엄마가 되더니 아내의 연기력도 많이 늘었다. 아내의 말에 못 이기는 척하며, "아빠도 너무 사고 싶지만 얼마 전에 샀으니 오늘은 서아 안경만 사고 아빠는 다음에 사야겠다"라고 말하며 핑계를 댄다. 그랬더니 어린 딸이 귀에 대고 "아빠도 사. 내가 사줄게" 하고 속삭인다. "서아는 돈이 없잖아" 하니까 엄마한테 받아서 사준다고 한다. 실현 가능성 없는 제안에 가슴이 따뜻해지고 입가에 미소가 번진다.

딸이 태어나면서부터는 웃을 일이 부쩍 많아졌다. 그런 착한 딸에게 거짓말을 했다. 안경이 너무 잘 어울린다고, 안경을 쓴 게 훨씬 예쁘고 똑똑해 보인다고, 친구들이 엄청 부러워할 것 같다고 칭찬을 아끼지 않았다. 눈에 넣어도 아프지 않은 예쁜 딸의 얼굴이 가려지니 나와 아내의 마음도 어두워졌지만 그럴수록 더 밝게 반응하고 칭찬했다. 감탄사에 감탄사가 더해지고, 그 위에 또 다른 감탄사가 얹어지고 더해지기를 수차례 반복한 후, 작고 투명한 귀여운 안경을 선택할 수 있었다.

딸이 첫 안경을 맞춘 날 밤, 산타 할아버지는 있는데 어른이 되고 거짓말을 해서 우리에게 선물을 주시지 않을 수도 있겠다는 생각을 했다.

1년 전 크리스마스 날, 아침 일찍 눈을 뜨자마자 거실로 달려가 선물을 보고 기분이 좋아진 딸이 한 이야기가 생각난다. 흥분에 가득찬 목소리로 서아가 엄청엄청 착해서 산타 할아버지가 세 번이나 왔다 갔다며, 유치원에도 왔었는데 집에도 두 번이나 왔다 갔다고 했다. 그때 아이가 받은 선물은 모두 세 개였다.

다섯 살이 된 딸의 키즈 노트에 재미있는 글이 남겨 있다. 담임 선생님이 혹시라도 산타 할아버지를 만나면 어떻게 하겠냐고 질문하니 딸이 큰 소리로 "안녕하세요" 하며 인사한다고 답했다고 한다. 그러고는 "선물을 받아야 하니 얼른 방에 들어가서 눈을 감고 자는 척하겠다고 했다"라는 말을 덧붙였다고 한다. 순수함에 미소가 저절로 지어진다.

인생을 살다 보면 예기치 않은 일들이 자주 발생한다. 속상하고 가슴 아픈 일들이 대부분인 것 같지만 가까이 들여다보면 좋은 일들도 많다. 두꺼운 렌즈의 안경을 쓴 딸로 인해 가슴 아픈 일들이 많겠지만, 아이와 함께 만들어갈 일상의 소소한 추억들 또한 더욱 두터워질 것으로 믿는다. 비록 어른이 된 지금은 거짓말을 많이 해서 산타 할아버지의 선물은 못 받게 되었지만 예쁜 딸이 매일매일 더 큰 선물을 안겨준다.

이기주 작가의 《언어의 온도》(말글터, 2016)에서 읽었던 글이 생각난다.

기주야. 인생 말이지 너무 복잡하게 생각하지 마. 어찌 보면 간단해. 산타클로스를 믿다가, 믿지 않다가, 결국에는 본인이 산타 할아버지가 되는 거야. 그게 인생이야.

순수하고 착한 자녀에게 삶의 무게가 더해지는 것이 마음 아프기는 하지만 자립심이 강한 아이로 성장하길 기대해본다. 부모로서 눈으로 보는 세상을 바꿔줄 수는 없지만 마음으로 보는 세상이 더 아름다워질 수 있도록 사랑으로 보살펴주려고 한다.

티 없이 맑은 아이들이 산타 할아버지를 믿는 기간이 길어질 수 있도록, 그들의 눈동자에 색안경이 씌워지지 않도록, 우리 어른들이 산타 할아버지가 되어주길 간절히 소망해본다.

스승의 은혜

"레-시시도시라솔미레솔파솔라."

5월 중순, 서래공원이 내려다보이는 진료실에서 작은 음악회가 열린다. 가운을 입은 연주자들은 서툴지만 진지한 얼굴로 한음 한음 정성을 담아 악기에 호흡을 불어넣으면서 손가락으로 구멍을 막는다. 섬세한 손기술이 필요한 직업을 가진 아마추어 단원들은 각기 다른 듯 같은 음을 만들어내려고 노력한다.

작은 거위라는 뜻의 '오카리나'의 맑고 투명한 소리가 울려 퍼지면 냉랭했던 분위기에 서서히 온기가 스며들기 시작한다. 음악에 조예가 깊지 않은 사람도 잠시만 귀를 기울이면 곡의 제목이 〈스승의 은혜〉라는 것 정도는 금방 알아차릴 수 있다. 부족한 연주 실력을 친근한 곡의 멜로디와 저마다의 추억으로 채우다 보면 짧은 공연은 금세 끝이 난다.

　스승의 날이 되면 치과에서는 점심시간을 이용하여 작은 행사를 진행한다. 전공의들이 교수님들 가슴에 카네이션을 달아드리고, 의국장 직책을 맡은 전공의 대표는 준비한 글을 낭독한다. 이후 다 같이 〈스승의 은혜〉를 부른다. 그리고 치주과 교수님과 전공의, 직원이 함께하는 오카리나 합주로 행사의 피날레를 장식한다. 부서의 비공식 사진 촬영 담당자로서, 스마트폰으로 수십 명 참석자의 얼굴을 렌즈에 담다 보면 잊히지 않는 고마운 스승들의 얼굴이 자연스레 떠오른다. 그중 어학연수를 위해 미국에 1년 정도 머물렀을 때, 낯선 환경에 적응하며 익숙하지 않은 언어를 배우는 과정에서 도움을 주었던 한 교수님의 얼굴이 특히 많이 떠오른다.

　미국 대학 입학 후 첫 수업은 'Human relationship in business'라는 과목이었고, 작은 강의실에 30여 명의 미국인들이 모였다. 나는 맨 구석에 자리를 잡고 앉았다. 본인 소개를 시작으로 강의 계획을 설명하는 여교수의 말이 엄청 빠르다. 미국 생활 중 들었던 말 중에 가장 빠른 그녀의 말을 수업으로 들을 생각을 하니 갑자기 막막해진다. 강의실이 토익 시험장보다 더 긴장되게 느껴지면서, 교수의 목소리는 토익 리스닝을 3배속으로 틀어놓은 것처럼 빠르게 들린다.

　어느덧 들어왔을 때의 당당함은 사라지고 몸이 점점 쪼그라

드는 것처럼 느껴진다. 심지어 학생들에게도 각자 자기소개를 권한다. 마지막으로 내 차례가 되었을 때 머릿속이 도망치고 싶다는 생각으로 가득 채워졌다. 혹시 모를 피난 상황을 대비해 문 앞에 앉았어야 했는데 이미 늦었다. 어찌어찌 자기소개를 마치고 나니, 여교수가 갑자기 나를 지목하며 말을 잇는다.

위기의 상황에서는 시간이 급격히 느려지는 것을 체험하게 되는데 그때가 바로 그랬다. 모든 이목이 내게 집중된 순간, 그녀의 빠른 말이 아주 천천히 귀에 들어오기 시작했다.

"여러분은 저 한국인 친구가 수업에서 방해가 될 거라고 생각할 텐데 사실은 그렇지 않다. 여러분은 큰 행운을 얻었다. 미국에서 대인관계를 만들어 나갈 때 영어가 모국어인 사람과의 관계보다 아닌 사람과의 관계를 형성하기가 어려운데, 수업 시간에 미리 경험할 수 있게 되었다. 미국에는 영어가 서툰 고객들이 많다. 조별 수업 중에 저 친구에게 도움을 주는 것이 아니라 도움을 받게 될 테니 기쁜 마음으로 한 학기를 잘 지냈으면 좋겠다"라는 말을 전한다.

순간 강의실의 분위기가 바뀌면서 여기저기서 큰 주먹들이 날아들었다. 다행히 얼굴로 날아온 게 아니라 나의 작은 주먹을 향해 다가온다. 주먹과 주먹을 부딪치며 인사와 격려를 주고받다 보니, 어느새 도망치고 싶던 마음은 소리 없이 사라지고 없다. 여교수 또한 나를 통해 학생들의 신임과 집중을 한번에 받은 듯하다. 대인관계라는 본인의 전문 분야에서 뛰어난 역량을 보여준 스승 덕분에 나머지 전공 수업을 포함하여 한 학기 과정을 무사히 잘 마치게 되었다.

한국으로 돌아온 후, 인터넷으로 성적을 확인했다. 'B.' 미국 대학에서 받은 'B'는 한국 대학에서 받은 'A'와는 느낌이 사뭇 달랐다. 살다 보면 'B'가 'A'보다 값지게 느껴지는 순간들도 있다는 그녀의 마지막 가르침을 끝으로 짧은 미국 대학 생활을 마칠 수 있었다.

만일 그녀가 수업 첫날, '나를 배려한 말을 해주지 않았다면 어땠을까?'라는 생각을 자주 한다. 좋은 스승을 만난 덕분에 낯선 이국땅에서 대학 생활을 경험하면서 많은 것을 보고 느끼며 부족한 자신감을 채울 수 있었다. 각자의 리듬에 따라 인생의 방향을 잡아가면서 삶을 연주하는 데 스승만큼 중요한 역할을 하는 사람이 또 있을까 싶다. 20여 년 세월이 지난 지금도 스승의 날이 되면 그녀의 얼굴이 가장 먼저 떠오른다.

어느덧 시간이 흘러 부모가 되면서부터는 크고 작은 슬픔에 많이 무뎌지게 되었다. 그런데 그 슬픔이 자녀와 관련되어 있는 경우에는 작은 슬픔이라도 여전히 극복하기 어렵다.

다섯 살 딸아이가 처음으로 안경을 쓰고 등원하던 날, 영하 10도의 날씨에 안경에 습기가 차서 아이가 불편하지는 않을지, 평소처럼 미끄럼틀을 앞으로 엎드려서 타다가 안경 때문에 다치지는 않을지, 안경 때문에 놀림당해 상처받지는 않을지, 이런저런 불안감을 느끼며 하루종일 가슴이 조마조마했다. 퇴근하고 무거운 마음으로 현관문을 여는데 아이가 "아빠" 하고 부르며 전속력으로 달려와서 안긴다. 흥분이 채 가시지 않은 목소리로 평소처럼 조잘조잘 유치원에서 있었던 일을 들려준다.

"아빠, 오늘 원장 선생님도 안경 쓰고 왔어. 그래서 나랑 원장님이랑 둘이 하루종일 안경 쓰고 있었어"라며 신나서 달뜬 목소리로 이야기한다.

걱정과는 다르게 아이가 기분이 좋아 보여 마음이 놓임과 동시에 가슴이 먹먹해진다. 원장님은 평소에 안경을 쓰지 않는다. 유치원에서 처음으로 안경을 쓰게 된 아이가 적응하는 데 어려움이 없도록, 아이들의 시선이 집중되지 않도록 함께 안경을 쓰고 마중해준 것이다. 담임 선생님에게 혹시나 안경이 더러워지면 닦아달라고 부탁한 것이 원장 선생님 귀에까지 들어간 듯하다.

등원 버스를 시작으로 하루종일 마주치는 모든 선생님이 유아 교육자 특유의 밝은 톤으로 예쁘다고 칭찬을 해주니 아이는 유독 기분이 좋았던 것 같다. 아이를 위해 안경을 같이 써준 원장님의 진심 어린 배려와 선생님들의 따뜻한 칭찬 덕분에 딸은 안경에 잘 적응할 수 있었다.

다행히 아이는 원장 선생님의 안경에 감추어진 비밀을 알아차리지 못한 것 같다. 칭찬과 격려로 한 사람의 인생을 바꾸어주는 스승이 있는가 하면, 티 나지 않게 옆에서 바른길로 인도해주는 스승도 있다는 사실에 흐뭇함이 더해진다.

누군가의 슬픔을 극복하고 그의 인생에 좋은 영향을 끼칠 수 있도록 보람이 되는 일을 묵묵히 하고 있는 이 세상 모든 선생님에게 감사의 마음을 전하고 싶다.

걱정 번역기

아파트 알뜰시장에서 주 5일 장사를 하시는 아버지께서 수요일 장의 계약이 끝났다고 일상을 전하신다. 뇌에 새로운 정보가 입력되니 기본 옵션으로 장착되어 있던 걱정 번역기가 자동으로 가동되며 일상을 걱정으로 바꾸어놓는다. 신선도가 중요한 품목 특성상 일이 이어져야 좋은데 중간에 끊어지니 이래저래 심란해지면서 급기야 부모님의 생계를 걱정하기 시작한다. 현실적인 아내는 우리보다 잘 사시는 부모님 걱정할 시간이 있으면 부족한 잠이나 더 자라고 한다. 아내의 조언을 듣고 부모님의 자산을 대충 계산해보니 순자산의 규모가 나의 세 배는 되신다. 부모님을 걱정할 때가 아니었다. 내 걱정이 우선이다.

며칠 후 다행히 송파구에 있는 다른 대단지 아파트를 계약

하셨다고 일상을 다시 전하신다. 집에서도 가깝고 장사도 잘되는 장이라 좋아하시는데, 민감도가 '예민'으로 설정된 걱정 번역기가 자동으로 가동되며 걱정을 만들어낸다. 아내에게 계약하는 장이 너무 커서 아버지가 힘드실 것 같다고 걱정을 내비치니, 장사가 안 되는 것보다 잘되는 게 좋은 거라고, 아버님이 하실 만하니까 하시는 거라고 쓸데없는 걱정은 그만하라고, 걱정할 시간 있으면 부족한 잠이나 더 자라고 한다. 이쯤 되니 이력서 취미란에는 '고민'을, 특기란에는 '걱정'을 적어도 될 것 같다.

이제 막 여섯 살이 된 딸아이의 아랫니 두 개가 흔들리더니 급기야 크기까지 작아졌다. 칫솔만 닿아도 이가 움직이는데 다행히 아프지는 않다고 한다. 걱정 번역기는 기다렸다는 듯이 작동을 시작한다. 유치 발치는 보통 60개월 이후부터 시작되는데 아이는 아직 56개월이다. '60-56=4', 빠른 암산으로 계산해보니 아직 4개월이나 남아 있다. 넉 달이라는 시간을 버티기에는 뿌리가 너무 연약해 보이고, 심지어 4일을 버티기에도 버거워 보인다.

걱정 번역기가 오랜만에 풀가동을 하게 되어 흥이 났는지 큼지막한 걱정들을 만들어내기 시작한다. 유치원 친구들과 놀다가 외상으로 인해 치아가 손상된 것은 아닌지, 과잉치가 있어서 유치가 예정보다 빨리 빠지는 것은 아닌지, 줄줄이 걱정이 이어지더니 급기야 머릿속에서는 딸아이가 수술실에서 전신마취로 매복 과잉치 수술을 받고 있다.

아이를 키우고 있는 주변 사람들의 반응도 한결같다. "벌써?", "벌써?", "벌써?" 초등학생 두 자녀를 양육하는 치과위생사 선생님에게 질문해도 같은 답변이 나온다. "벌써요?" 이쯤 되니 걱정 번역기에 과부하가 걸릴 지경이다. 성격이 급해서 평소에 긍정적인 용도로 사용을 선호했던 '벌써'라는 단어가 갑자기 부정적으로 느껴지기 시작한다.

정신을 차리고 아이에게 아빠 회사에 가서 사진을 찍어보자고 조심스럽게 말을 꺼낸다. 할머니의 걱정 유전자가 손녀에게까지 전달되었는지 평소 즐겁게 이야기하며 사용하던 '아빠 회사'라는 단어를 딸이 기가 막히게 '치과'로 번역하더니 일생을 함께한 애착 인형을 잃어버린 듯 대성통곡을 한다. 서럽게 울기 시작한 딸의 눈물이 길어지면서 기침까지 동반하니, 습관성 기침이 재발하지는 않을지 걱정이 되기 시작한다. 걱정은 은행 예·적금처럼 스스로 몸집을 불리는 능력까지 있었다. 어쩔 수 없이 전략을 수정하여 천장에 매달린 TV에서 나오는 '뽀통령'이 아이의 혼을 빼앗는 틈을 놓치지 않고 빠르게 진료하는 소아치과의 문을 두드리기로 한다.

혹시라도 치과에 가기 전 이가 빠질 수 있는 상황에 대비해 오랜만에 아내와 연기자 모드로 전환한다. "도원이 오빠는 어른 이가 나와서 아기 이가 빠졌대"라며 곧 아이의 일이 될 남의 일을 이야기하니, 아빠를 닮아 눈치가 빠른 딸아이는 남의 이야기가 곧 자신의 이야기가 될 수도 있음을 직감하고 질문을 하기 시작한다. "지오 언니는 앞니가 빠졌는데 삼켰대"라면서 혹시나 흔들리는 이가 빠졌을 때 삼켜도 되는지 묻는다. "응, 삼켜도 괜찮아. 응아로 나와"라고 이야기해주니 안도가 되는 눈치다. "아기 이가 빠지면 정말 어른 이가 나와?"라며 질문을 이어간다. "응, 아기 이가 빠지면 어른 이가 나와"라고 답하며 안심시켜준다. 이후에도 열아홉 번의 발치가 더 남아 있음을 떠올리며 어른 이가 나오면 주려고 선물도 사놨다고 덧붙인다. 첫 발치의 경험이 끔찍한 기억으로 남아 있지 않게 하려고 철저히 대비한다.

BTS 콘서트 티켓 예약만큼이나 어려운 집 근처 소아치과 예약에 성공한 후, 며칠이 지나 진료 일이 되었다. 다행히 흔들리는 유치는 아직 입안에 있다. 혹시 모를 상황에 대비해 아이 몰래 장난감을 차에 보관해두었다. 아이들은 울음까지도 순수해서 눈물에는 뒤끝이 없다. 계획에 없던 발치가 진행되면 억울함이 금세 통곡으로 바뀌면서 나이아가라 폭포 급의 눈물을 흘리지만, 타이밍을 잘 맞춰 선물을 전달하면 슬픔의 눈물은 서서히 기쁨의 눈물로 바뀐다.

좁은 진료실 안에 울려 퍼지는 고음의 하모니에 소프라노를 맡고 있는 아이의 음색을 얹을 각오를 하고 소아치과 문을 여니 접수 데스크가 보인다. 그 옆으로는 아이의 눈높이에 딱 맞는 테이블이 하나 있고, 그 위에는 귀가하는 아이들의 울음을 그치게 해줄 마법의 장난감들이 놓여 있다. 작은 대기실에 어울리지 않는 커다란 벽걸이 TV는 애니메이션을 방영하며 합창을 준비하는 단원들의 관심을 집중시킨다. 곧이어 한 아이가 진료실에 들어가 인간이 낼 수 있는 고음의 한계가 어디까지인지 도전하다가 포기하고, 거즈를 물고 훌쩍이며 나온다.

다행히 딸아이는 화면 속 물범 친구들에게 깊이 빠져 있어 동요할 틈이 없다. 곧이어 이름이 호명되었고, 진료실에 들어가 평평한 치과 의자에 아이를 눕히니 천장에서 뽀롱령이 아이를 반긴다. 대학생이 되고는 방학이면 침대에 누워 천장에 TV가 있었으면 좋겠다고 생각했는데 그런 바람이 현실이 된 공간이었다.

말투가 다정한 여성 치과의사가 다가와 아이의 상태를 확인하더니, '영구치가 올라와 유치 뿌리가 흡수되어 이가 작아 보이는 것'이라고 설명해준다. 그러면서 '벌써'라는 단어 대신 '조금 빠른'이라는 단어를 사용해서 부모를 안심시킨다. 요즘은 유치가 다섯 살부터도 빠지니 걱정 안 해도 된다며 안심에 안심을 더해준다. 유치는 지금 치과에서 발치해도 되고, 귀가해서 자연 탈락하길 기다려도 된다고 한다. 전자는 수익이 발생하고, 후자는 수익이 발생하지 않는데도 보호자에게 선택권을 맡긴 그녀에게 무한 신뢰가 쌓인다. 아이가 치과에 대한 거부감이 생기지 않길 바라는 마음으로 후자를 택하고 귀가한다.

집에 도착한 아내는 아이 이가 심하게 흔들려서 급하게 집에서 뽑아야 할 상황이 발생하면 나에게 발치를 하라고 한다. 시나리오에 없던 배역이 추가됨과 동시에 걱정 번역기가 급하게 가동

을 시작한다. 당연히 아내의 역할이라고 생각했는데 본인은 힘이
약해서 뽑을 수가 없다는 반박 못 할 제안을 하니 거절할 핑계도
없다.

흔들리는 치아에 실을 묶어서 문에 매달았던 어린 시절의 기
억이 떠오른다. 기억력이 좋지 않은 내가 아주 오래전의 일을 기
억한다는 것은 분명 어떤 사연이 있다는 것이다. 그날, 여러 번
문을 닫는 동안 유치 대신 실만 계속 빠지면서 끔찍한 고통의 시
간이 길게 지속되었다. 이를 뽑다가 아이에게도 아빠처럼 평생
잊지 못할 안 좋은 기억이 생기게 될까 봐 걱정하고 있으니, 아내
는 때 되면 알아서 빠지니까 걱정하지 말고 걱정할 시간이 있으
면 부족한 잠이나 더 자라고 한다.

아이에게 구전동화 〈짚신 장수와 우산 장수 이야기〉를 들려
주면서 걱정 번역기의 오래된 역사를 확인하고, 과거의 사용자를
발견하니 반갑다. 비가 오면 짚신을 파는 아들의 장사가 안 되는
것을 걱정하고, 날이 맑으면 우산을 파는 아들의 장사가 안 되는
것을 걱정하는 어머니의 모습이 정확히 나와 일치한다. 깨달음을
얻은 모친은 날이 맑으면 짚신 파는 아들의 장사가 잘되어서 좋
고, 비가 오면 우산을 파는 아들의 장사가 잘되어서 좋다고 생각
을 바꾸면서 항상 행복할 수 있었다.

나 역시 부친의 장사가 잘되면 수입이 늘어나서 좋고, 안 되
면 몸이 덜 피곤하셔서 좋다고 생각하면 되는 것이었다. 유치가
빨리 빠지면 튼튼한 영구치가 빨리 올라와서 좋고, 늦어지면 귀

여운 아랫니를 더 볼 수 있어서 좋다고 생각하면 되었다.

걱정 번역기의 전원을 끄면 불필요한 걱정에 초조한 시간을 보내는 것을 줄일 수 있다. 전원 차단이 어렵다면 번역기의 감도를 '민감'에서 '보통'으로 줄이거나 행복 번역기로 용도를 변경하여 사용하는 것도 방법일 수 있다. 걱정했던 아이의 유치는 자연스럽게 빠져 지금은 영구치가 올라오고 있다. 아내의 말처럼 걱정할 시간이 있으면 부족한 잠이나 푹 자는 게 더 나은 것 같다.

남자의
눈물

아버지는 오랜 시간 교회에는 기부를, 주식에는 투자를 하고 있으며 금액은 전자가 더 많다. 부친의 두 행위는 모두 통장에서 원금이 사라진다는 공통점이 있다. 기부금은 교회를 통해 사회적 약자에게, 투자금은 기업을 통해 사회 발전에 기여하며 소멸된다. 전자의 상황은 마음에 기쁨이 더해지고, 후자의 상황은 가슴에 슬픔이 새겨진다. 금액에 비례하여 기쁨과 슬픔의 양이 함께 증감하는 특성도 있다.

오랜 시간 아버지의 투자 방식을 가까이서 지켜보다 보니 교회와 사회에는 기부를 하지만 주식에는 투자하지 않게 되었다. 그러던 중 아이가 있는 가장이 되고, 주변 사람들의 투자 성공 소식을 하나둘씩 듣게 되니 마음이 점점 조급해졌다. 불안한 마음에 확률이 아니고 확신으로 잃지 않는 투자를 하겠다고 다짐하며 새벽잠을 포기하고 경제학 서적을 읽기 시작했다. 의무감으로 읽는 책의 양이 쌓여가면서 관심 분야는 자연스럽게 인문과 사회로 확대되었고, 얼마 지나지 않아 주객이 전도되었다.

'나는 누구인가?'라는 물음에 대한 답을 찾아가기 위해 소설을 읽고 싶지만 직장생활과 육아를 병행하는 삶을 살다 보면 나를 찾을 여유는 없고 잠은 늘 부족하다. 실패하지 않는 투자는 독서밖에 없다는 각오로 주변에서 스마트폰으로 주식창을 열어볼 때, 전화기를 꺼내 전자책을 읽어 내려갔다.

성장주에 단기 투자하는 심정으로 비소설 위주로 한 달에 열 권 정도 독서를 하고, 소설은 가치주에 장기 투자하는 심정으로 한 달에 한 권 정도만 의무감으로 읽었다. 읽은 책의 양이 늘어날수록 독서만큼 가성비 좋은 투자는 없다는 것을 실감하면서 뉴스 기사 대신 베스트셀러와 추천 도서를 검색했다. 그러던 중, 전자도서관에 들어가면 과거 HOT와 젝스키스처럼 1위와 2위를 치열하게 다투고 있는 두 권의 책이 눈에 계속 들어와 호기심에 예약했다.

《불편한 편의점》(김호연, 나무옆의자, 2021)을 예약하고 불편하게 2개월을 기다리니 모바일 기프티콘만큼 반가운 '예약 도서 도착 알림' 문자가 도착했다. 30여 년 전, 〈슬램덩크〉 만화책 신간을 구입하려고 문구점에 방문했던 설렘 가득한 심정으로 점심시간에 도서관에 들러 책을 빌렸다. 엘리베이터를 타고 내려오면서 궁금한 마음에 책을 펼쳐보니 시작부터 몰입도가 좋다. 든든하게 배를 채우는 대신 좋은 책과 커피로 영혼을 채우기로 결심하고 1층 카페에 들러 커피와 빵을 구매했다.

햇살이 잘 드는 야외 벤치에 앉아 책을 펼치니 세상 부러울 게 없다. 잠시나마 뉴요커가 된 착각에 빠진다. 풍부해진 감성 때문인지 글자의 연주 때문인지 모르겠지만 각박한 세상에서 전해지는 따스한 인간의 정이 느껴진다. 가슴이 먹먹해지면서 눈물이 한두 방울 떨어지더니 급기야 줄줄 흐른다. 목도 메이는데 빵 때문은 아닌 것 같다. 문학에 깊이 빠져들어 감정의 선이 움직인 경험은 영화나 드라마가 주는 감동과는 달랐다. 이후 소설을 읽는 비중이 점차 늘었다.

여세를 몰아 《달러구트 꿈 백화점》(이미예, 팩토리나인, 2020)을 예약했다. 군대 다시 가는 꿈, 내 기준에서는 악몽을 자주 꾸다 보니 제목부터 엄청 끌린다. 군대 다시 가는 꿈을 그만 꾸게 해주는 비법이 있길 소망하며 들뜬 심정으로 기다렸다. 며칠 후, 임시공휴일만큼 반가운 '예약 도서 도착 알림' 문자가 도착했다.

책을 펼치니 꿈을 사고파는 비현실적인 이야기가 현실감 있게 느껴진다. 군대 다시 가는 꿈을 그만 꾸게 해주는 방법은 없지만, 몰입감이 엄청나 손에서 책을 떼기가 어렵다. 신호 대기 중 마지막 부분을 읽는데 아이를 먼저 떠나보낸 부모의 이야기가 나온다. 소설 속 등장인물의 나이가 딸과 같다 보니 감정이 더 이

입된다. 신호 대기 중인데 펑펑 울면서 책을 읽는다. 장마철 비가 쏟아질 때처럼 시야가 가려지고, 와이퍼가 앞 유리를 닦듯 손으로 눈을 계속 닦았다. 교차로 꼬리물기로 인한 퇴근길 교통정체가 더 길어지길 희망해보긴 처음이다. 마흔, 갱년기가 찾아올 나이도 아닌데 눈물이 부쩍 많아진 것 같다.

한바탕 눈물을 쏟아낸 후 감성이 풍부해진 주말, 아이의 손을 잡고 '북페'에 가니 입구부터 유혹을 견디기 힘들다. 먹음직스러운 음식으로 가득한 뷔페처럼, 서점에 가면 읽고 싶은 책이 넘쳐난다. 그래서 나는 서점을 '북페'라고 한다. 북페에 도착하면 제일 안쪽 아동 도서 코너까지 가는 길이 꽤 험난하다. 책들에 눈을 떼지 못하고 계속 두리번거리다 결국 딸아이에게 혼이 난 후 어렵게 목적지에 도착한다. 아이를 위한 그림책을 한 권 사고 돌아오면서 다시 한번 두리번거리다가 또 한 번 혼이 난다. 그렇게 서점 가판대에서 표지로 나를 유혹하던 책이 전자도서관에 입고되어 대출을 신청했다.

《여기는 커스터드, 특별한 도시락을 팝니다》〔가토 겐, 필름 (Feelm), 2022〕라는 책이다. 큰 감흥은 없지만 이상하게 손에서 놓기는 싫다. 딱히 몰입도 되지 않는데 계속 읽고는 있다. 신비한 기운에 이끌려 어느덧 '이야기는 지금부터다'라는 책의 후반부까지 도달했다. 판권 페이지까지 얼마 남지 않았는데 출근 시간이 되어 끝까지 읽지 못하고 책을 덮었다. 기다리던 점심시간이 되어 왼손에는 휴대폰을 들고 오른손으로 식사를 했다. 불편하지만 하루 중 내가 가장 좋아하는 시간이다. 코로나 바이러스로 직원식당에 칸막이가 설치되었다. 덕분에 식사하면서 스마트폰으로 책을 읽을 수 있다. 아침과 점심을 직원식당에서 모두 해결하면 식당에서만 한 주에 1~2권 정도는 쉽게 읽는다.

점심 식사가 끝나갈 무렵 책도 끝이 보였고, 조용히 이어지던 감정의 선은 마지막 부분에서 결국 폭발했다. 눈에 잘 띄는 장소에 앉았는데 민망하게도 눈물이 왈칵 쏟아지기 시작했다. 입을 닦는 냅킨을 꺼내 눈을 계속 닦았다. 닦아도 닦아도 눈물이 계속 흘렀다. '이럴 줄 알았으면 구석에 앉았을 텐데' 하고 후회하기에는 이미 너무 늦었다.

대낮 직원 식당에서 스마트폰을 쥐고 눈물을 계속 훔치는 모습은 흡사 실연당한 남성과 같았다. 지나가는 사람들이 안쓰러워하거나 한심한 표정으로 계속 쳐다본다. 하지만 주위의 시선과 동정을 신경 쓸 여유가 없다. 대성통곡을 하는 와중에 자연스레 나의 어머니와 소설 속 어머니가 오버랩 되었다. 남의 어머니를 보면서 나의 어머니의 사랑을 느꼈고, 슬프면서도 행복한, 오묘한 감정이 마음 깊은 곳까지 전해졌다.

마흔 살의 가을, 일찍 갱년기가 찾아온 듯 소설을 읽으며 세 번을 울었다. 한참을 울고 나면 여운은 길게 지속되었다. 쌀쌀한 날씨에 뜨거운 눈물은 가슴을 따뜻하게 데워주었고, 밖의 온도가 낮아질수록 좋은 책이 더 생각났다. 소설을 읽을수록 삶에 온기가 더해졌고, 긴 여운은 기쁨과 행복이 되어 서서히 퍼져 나갔다.

매달 10권 이상의 책을 읽다 보니 '가을은 독서의 계절'이라는 말이 어울리지 않다고 느껴진다. 글자가 주는 즐거움에 푹 빠져 사는 내 기준에서는 사계절이 모두 독서의 계절이다.

'오마하의 현인'이라 불리는 워런 버핏은 "당신 자신에게 투자하는 것이 최고의 투자다"라고 말했다. 그렇다면 독서만큼 가성비 좋은 투자도 없다. 실패하지 않는 투자를 원한다면 '북페'에 가서 취향에 맞는 다양한 북(Book)을 선택해 읽어보자. 문학도 좋고, 비문학도 좋다. 독서로 인해 통장 잔고의 변화는 없을 수도 있지만, 삶의 만족도와 자존감은 크게 높아질 것이다. 잊지 말자. 좋은 글은 언제나 우리를 좋은 곳으로 데려다준다.

샤카

직원 게시판에 '여름 성수기 휴양 시설 신청 안내' 글이 올라와서 클릭해서 보니 전국 팔도에 있는 신청 가능한 휴양소의 목록이 쭉 나열되어 있다. 마우스 스크롤이 내려가면서 올라가기 시작한 애사심은 맨 아래 제주도 해안가에 있는 휴양소의 이름을 볼 때쯤 되니 불타오른다. 한여름 제주도 푸른 바닷물에 발을 담글 수 있는 것을 감안하면 비용도 매우 저렴하다. 직원 복지가 매우 만족스럽다. 회사가 제공하는 혜택을 무시하는 건 예의가 아니다. 항공권이 비싸면 배를 타고서라도 제주도의 푸른 밤을 보러 가기로 결심하고, 사내 메신저를 이용해 담당자에게 원하는 장소와 신청 일자를 전송한다.

잠시 후, "신청서 제출해주시면 ○○월 ○○일 추첨 후 연락드리겠습니다"라는 답변을 받았다. 잘못 본 게 아닐까 생각되어 눈을 비비고 다시 봐도 '추첨'이라는 두 글자가 선명히 보인다. 직원의 행복을 운에 맡긴다는 무책임한 사실에 뜨겁게 타오르던 애사심이 서서히 식어간다. 가까스로 마음을 부여잡고 냉정히 생각한다.

군 입대 후 신병교육대에서 치열한 경쟁을 뚫고 꿀 보직인 운전병에 선정된 적이 있다. 심지어 자대 배치 후 앰뷸런스를 지정받았다. 군 입대가 예정된 청년들에게는 꿈의 보직인 앰뷸런스 운전병이 바로 나였다. 일과 시간에 삽 대신 운전대를 잡고, 삽질 대신 대기를 하며 책을 읽었다. 추첨 과거력에 희망을 품고 작성한 신청서는 보란 듯이 탈락이다. 세상은 공평했고, 운은 계속되는 게 아니었다.

부랴부랴 초록창을 띄워 휴가지를 검색해보니, 연관 검색어에 나오는 '서핑'이란 글자가 눈에 크게 들어온다. 클릭해서 확인하니 강원도 양양에 가면 서핑 강습을 받을 수 있다고 나온다. 숙식을 제공하는 1박 2일 코스도 있어서, 여름 성수기 동해 바다에 몸을 담그는 데 숙소 예약도 필요 없다. 역시 운이 없는 게 아니었다. 이곳에 가기 위해 추첨에 떨어진 거였다. 클릭 몇 번만으로 마음은 벌써 완벽한 서퍼가 된다. 따가운 햇살에 숨쉬기조차 버겁던 무더운 8월, 시원한 동해 바다에 몸을 담그기 위해 아내와 함께 양양으로 차를 몰았다.

서핑스쿨에 도착하니 점심으로 먹음직스러운 명란 파스타가 나온다. 입안에서 톡톡 튀는 명란의 자유로운 움직임이 서프보드에 올라선 내 모습이 될 것만 같이 느껴진다. 식사를 끝내고 옷을 갈아입은 뒤, 기다리던 오후 첫 강습이 시작된다. 웨트슈트(wet suit)를 입고 나니 마음은 벌써 파도 위에서 춤을 추고 있다. 곧이어 햇살에 온몸이 그을린 남자 강사가 등장한다. 얼굴을 가리고 보면 흑인이라고 생각될 정도로 검게 탄 피부를 보니 깊은 신뢰가 간다. 주먹을 쥔 손에서 엄지와 새끼손가락만 펴서 흔드는 '샤카(Shaka)'라는 서퍼들의 인사를 가르쳐준다. 이어서 몇 가지 간단한 이론 교육을 실시한 후 밖으로 이동한다.

래시가드(rash guard)와 보드 쇼츠(board shorts)를 입고 멋지게 파도 타는 모습을 상상하지만 검은색 웨트슈트를 입은 현실은 해녀복을 입은 해남의 느낌에 더 가깝다. 입문자용 스펀지 보드도 생각보다 크고 무거워서 한 손으로 들기에 버겁다. 체구가 작은 아내는 혼자서 보드를 옮기는 것조차 어려워한다. 두 개의 보드를 챙겨 모래사장에 도착하니 슈트 안이 벌써 땀으로 흥건하다.

본격적인 교육에 앞서 스트레칭을 먼저 하고 오른쪽 발목에 '리시'라는 끈을 감는다. 서프보드와 연결된 이 끈은 서퍼가 바다에서 보드를 잃어버리지 않도록 지켜준다. 물에 빠졌을 때는 리시가 감긴 발을 튕기면 보드가 몸 쪽으로 다가와서 바로 잡을 수 있다. 리시 연결 이후에는 서핑의 꽃인 '테이크 오프' 동작을 배운다. 테이크 오프는 손으로 노를 저어 보드를 이동시키는 '패들링'과 상체를 일으키는 '푸시 업', 두 팔을 보드에서 떼고 일어서는 '스탠드 업'이 연결된 동작이다. 모래 위에서 단체로 푸시 업을 반복하는 동작은 군인들의 유격 훈련과 비슷한 느낌이 든다. '서핑 강습이 아니라 해병대 캠프에 온 건가' 하는 착각이 들 정도가 되면, 기다리던 입수를 할 수 있다.

태권도 3단의 운동 신경과 양손을 모두 놓고 자전거를 탈 수 있는 균형감각까지 있다 보니 '테이크 오프'에 대한 자신감이 넘친다. 강사의 지도에 따라 힘차게 패들링을 시작한다. 서프보드 위에 엎드려서 손과 팔을 이용해 물살을 가르니 보드가 앞으로 미끄러지면서 잘 나아간다. 서퍼들의 은어로 '장판'이라 불리는 파도가 없는 날이지만, 햇살 좋은 푸른 바다에서 패들링을 하는 것만으로도 충분한 힐링이 된다. 웨트슈트의 부력으로 물에 잘 떠서 바다에 빠지는 것조차 즐겁다. 양양까지 온 보람을 느낀다.

본격적인 테이크 오프 강습이 시작되면, 없는 파도는 패들링으로 단련된 강사의 강인한 어깨가 대신 만들어준다. 바닷물에 어깨까지 몸을 담근 강사가 서프보드를 힘차게 밀면서 패들을 외치면 패들링을 시작하고, 보드가 뭍에 가까워지면 스탠드 업을 시도한다. 첫 시도에 성공할 수 있을 거라는 막연한 기대와는 다르게 거침없는 몸 개그만 반복해서 선보인다. 스탠드 업의 연속 동작으로 보드 위에서 앞차기, 옆차기, 돌려차기와 날아차기까지 이어지는 태권도 실력만 열심히 뽐내다 결국 바다에 빠진다. 태권도 유단자의 정신력으로 포기하지 않고 계속 도전하지만 의욕만 앞서면서 뒤돌려차기와 이단 옆차기까지 테이크 오프 대신 고난도의 발차기와 다이빙만 계속 성공한다.

동료 수강생들도 상황은 마찬가지다. 시작과 동시에 1초 이내에 떨어지거나 순발력을 최대한 발휘하여 흥에 겨운 몸동작을 2~3초 정도 보여주다가 물에 빠지기를 반복한다. 실패가 반복되는 아쉬운 순간인데 모두의 얼굴에는 미소가 번져 있다. 짠 바닷물을 잔뜩 마시는데 표정은 달짝지근한 아이스 초코를 들이켠 것만 같다. 테이크 오프의 성공 여부를 떠나 모든 수강생이 행복한 시간을 보내고 있다. 보드 위에서 육지로 이동하는 몇 초 동안이 비행기를 타고 해외여행을 하는 것처럼 설레고 기쁘다. 5초 정도 보드 위에서 거침없이 허우적거린 반쪽짜리 테이크 오프를 마지막으로 첫날 교육이 끝난다.

저녁 식사는 서퍼 입문식의 격에 맞게 바비큐 파티로 진행된다. 강사들과 수강생들은 처음 만난 사이지만 수년간 알고 지내온 것처럼 웃고 떠든다. 식도에 남아 있는 소금기를 알코올과 고기로 닦아 내리고, 반쯤 취한 강사의 기타 연주와 노래는 흥을 더한다. 보드 위에서 타지 못한 파도의 아쉬움은 술잔으로 파도를 타며 달랜다.

서핑스쿨은 학교라는 이름과는 다르게 결과보다 과정이 더 중요한 듯하다. 모임에서 테이크 오프의 성공 여부는 전혀 중요하지 않다. 늦은 밤의 바닷바람을 즐기고 있는 순간의 기쁨과 행복이 우선이다. 해수욕장 근처 편의점 야외 테이블에서 2차까지 마치고 나니 새벽 2시가 훌쩍 넘는다. 늦은 시간, 꿈에서는 테이크오프에 성공해서 파도를 길게 느낄 것을 기대하며 잠이 든다.

다음 날 아침, 서서히 떠오르는 해가 '샤카' 하고 인사하는 것처럼 느껴진다. 조식 대신 부족한 잠을 보충한 후 해장 서핑을 준비한다. 전날보다 날씨가 더 좋아진 덕분에 불편한 웨트슈트 대신 래시가드와 보드 쇼츠만 입어도 될 정도로 바닷물의 온도가 높다. 아쉽게도 양양 해변은 날씨와 파도가 반비례해서 날씨가 좋으면 대개 파도가 없다.

전날에 이어 바다는 여전히 장판이다. 한여름 동해의 날씨는 서핑에는 적합하지 않다. 적당한 바람이 있어야 파도가 발생하는데 무더운 날씨로 인해 장판이 지속된다. 파도를 타지 못해 아쉬워한 이들과 밤늦도록 끊임없이 파도를 탄 여파로 보드 위에서 느껴지는 잔잔한 물결조차 이겨내기 버거운 상태다. '테이크 오프' 대신 '테이크 어 레스트'를 계속하다 보니 1박 2일 서핑이 끝이 난다. 양양의 파도는 추석 즈음해서 가장 좋다고 알려주는 강사에게 "명절에 꼭 다시 올게요" 하고 약속하며 '샤카' 하고 헤어진다.

1박 2일 동안 웨트슈트를 입고 서프보드 위에서 패들링을 하면서 넘어지고 또 넘어지고를 반복하면서, 상상하던 테이크 오프는 못했지만 테이크 어 레스트는 제대로 했다. "서핑을 한 번도 안 해본 사람은 있지만 한 번만 하는 사람은 없다"라는 말의 뜻도 이해하게 되었다. 이후 일상으로 돌아와서는 하루종일 바다와 파도, 서프보드만 생각이 나서 유튜브로 서핑 영상을 시청하면서 보드 위에 멋지게 올라 파도를 가르는 그날만을 기다렸다.

어느덧 기다리던 가을이 되었다. 다시 보자고 한 서핑스쿨 강사와의 약속을 지키지 못했고, 대신 서퍼들의 천국 '발리'행 비행기에 몸을 실었다. 늦은 밤 공항에 도착해서 택시를 타고 이동해 숙소에 짐을 풀었다.

다음 날 아침, 눈을 뜨자마자 창밖을 내다보니 꿈에 그리던 바다의 모습이 그대로 펼쳐져 있다. 적당한 높이의 파도가 완벽한 주기로 이동하는 것이 보인다. 자연이 주는 선물 같은 파도에 올라타기 위해 허겁지겁 식사를 마치고 바다로 향한다. 적당한 파도에서 서프보드를 힘 있게 밀어주는 현지 강사에게 보답으로 태권도 발차기를 선보인다. 힘을 빼라는 그의 가르침을 따르지 못하고 힘이 들어간 고난도 태권도 동작만 반복한다. 결국 테이크 오프는 성공하지 못한 채 테이크 어 레스트를 해야 할 상태가 되었고, 래시가드 대신 태권도복이 어울릴 것 같던 첫날 강습은 아쉽게 끝이 난다.

둘째 날에도 완벽한 서퍼가 되는 꿈을 이루기 위한 시도는 계속된다. 일곱 시간을 넘게 비행해온 보람을 얻고자 도전을 반복하지만 현실은 계속 태권도장이다. 넘어지는 즐거움에 무감각해질 때 즈음 서프보드 위에서 '호모 에렉투스(직립인간)'가 되는 데 성공한다. 20~30미터의 파도를 타고 쭈욱 미끄러져 나아간다.

테이크 오프에 성공해서 파도와 하나가 되어 이동하는 순간의 기분은 날개를 달고 하늘을 나는 것만 같다. 그토록 기다리던 파도가 드디어 나를 허락해준 것이다. 수없이 바다에 빠지고, 짠물을 들이켜고, 보드에 머리를 부딪쳤던 모든 순간이 단번에 보상받는 기분이 든다. 덕분에 강사의 도움 없이도 파도와의 오붓한 시간을 보낸다.

패들링을 하면서 손끝으로 물결의 촉감을 느끼고, 라인업에 도착해서는 적당한 파도가 올 때까지 설레며 기다린다. 알맞은 파도가 아닌데 욕심을 부리는 순간 테이크 오프에 실패하고 다시 힘겨운 패들링을 반복해야 한다. 그 순간까지도 기쁨이 되면서 기다림이 얼마나 중요한지도 깨닫는다. 다가오는 파도를 이겨내며 힘겹게 패들링을 해서 라인업에 도착하면, 적당한 파도가 올 때까지 기다렸다가 때가 왔을 때 온 힘을 다해 파도를 잡아 올라탄다. 이 과정이 종종 인생의 축소판처럼 느껴진다.

며칠 후, 발리에서의 꿈만 같았던 시간을 뒤로하고 귀국행 비행기에 몸을 실었다.

한국에 돌아와서는 주말 서퍼가 되기로 결심하지만 그 꿈은 얼마 지나지 않아 아빠가 되면서 깨진다. 부모가 되어서는 바다의 파도 대신 인생의 파도를 마주한다. 태어난 딸은 스튜어디스가 꿈인지 절대 바닥에 내려가지 않는다. 하루종일 안고 토닥여야만 한다.

육아의 난도는 패들링을 해서 앞으로 나아가기 힘들 정도의 거친 파도가 끊임없이 밀려오는 것과 같다. 파고의 높이도 장난이 아니어서 하루에도 몇 번씩 천국과 지옥을 오간다. 다행히 고통이 큰 만큼 기쁨도 크다. 아이와 눈을 맞추고, 손을 잡고, 귀에 대고 "사랑해"라고 속삭이는 순간에는 서프보드 위에서 파도를 타는 것과는 비교가 안 되는 큰 행복감이 밀려온다.

가족의 여름휴가를 운에 맡기는 무책임한 가장이 되기 싫어서 이제는 매년 겨울이 다가올 때 여름휴가를 준비한다. 여름 극성수기를 제외한 기간은 선착순으로 리조트 예약이 가능하기 때문이다. 회사가 주는 복지를 잘 이용해 태양을 의미하는 'SOL'과 해변을 의미하는 'BEACH'가 더해진 이름의 양양 숙소로 휴가를 떠난다. 모래사장에서 가족과 시간을 보내다 보면 자연스레 서핑이 생각난다.

그럴 때면 아이를 튜브에 태워 밀려오는 파도의 리듬에 따라 힘차게 밀어준다. 양양 해변에서 행복해하는 어린 딸의 미소를 보면 처음 테이크 오프에 성공해서 파도와 하나가 되었던 발리에서의 기쁨을 느낄 수 있다. 바닷가에서 가족이 즐거워하는 모습을 보는 동안에는 상상만 해왔던 거대한 파도의 배럴을 질주하는 것처럼 맥박이 빨라지고 얼굴에는 미소가 번진다. 이제는 국내에도 서프비치가 생길 정도로 서핑 인구가 많아졌다. 서퍼에게는 은퇴 연령도 따로 없으니 딸이 커서 세 가족이 함께 서프보드에 올라 파도에 몸을 맡기는 것을 상상하면 행복한 휴가에 설렘이 더해진다.

서퍼들은 흔히 서핑을 인생에 비유한다. 넘어지고 또 넘어져도 포기만 하지 않는다면 언젠가는 테이크 오프에 성공해서 파도를 느낄 수 있는 것처럼, 목표를 가지고 노력하면 이루지 못할 꿈이 없다. 파도가 부서지기 시작하는 라인업까지 열심히 패들링해서 나아간 후 무릎 높이의 작은 파도를 잡아 올라탄다. 그다음에는 가슴 높이의 파도를 향해 나아가고 결국 서프보드 하나에 의지해 집채만 한 크기의 파도에 도전한다. 부서지는 파도의 아래쪽에 터널처럼 생기는 공간인 '배럴'을 질주하기 위해 도전하는 서퍼처럼, 꿈을 이루는 순간까지 포기하지 않았으면 한다. 서퍼가 되어 보니 언젠가는 일어설 수 있다는 믿음만 있다면 넘어지는 순간조차 행복이 될 수 있음을 깨닫게 된다.

인생이라는 파도에 맞서 쉼 없이 패들링하고, 저마다의 높이에 맞는 파도를 잡아 올라타기 위해 때를 기다리는 모두에게 주먹을 쥔 손에서 엄지와 새끼손가락만 펴서 흔들며 응원한다.

"샤카."

마니토

모친에게 물려받은 걱정 유전자가 열 살 크리스마스에 격하게 발동한 기억이 있다. 커다란 레고를 선물로 받아야 하는데 크리스마스트리에 매달려 있는 양말이 너무 작았기 때문이다. 산타 할아버지가 바쁜 와중에 양말에 선물을 넣다가 포기하고 바로 옆집으로 건너뛰거나, 양말에 쏙 들어가는 작은 레고를 대신 두고 갈까 봐 걱정되어 쉽게 잠들 수 없었다. 고민 끝에 부엌에 가서 커다란 소쿠리를 하나 구해와 트리에 걸었다. 속 시원히 문제를 해결하고 나서야 마음 편히 잠들었던 기억이 있다.

다음 날 아침, 다행히 소쿠리 위에 커다란 레고 상자가 가지런히 놓여 있었다. 사실 그때 그 선물이 레고였는지는 정확히 기억이 나지 않는다. 하지만 빨간색 원형 소쿠리의 형태는 오랜 시간이 지나도 또렷하게 기억에 남아 있다.

12월 25일 크리스마스 아침, 아주 오랜만에 거실에 산타클로스가 다녀갔다. 어렴풋한 기억으로는 30여 년 만의 방문이다. 연중 가장 바쁜 날 그를 대신하여 어린 딸아이의 선물을 준비하는 아빠의 모습이 보기 좋았는지, 어느덧 훌쩍 커 버린 나를 위해 작은 선물을 두고 갔다. 더욱이 예쁘게 포장된 선물이 하나가 아니고 둘이나 된다. 순간 어린 시절에 경험한 빨간색 소쿠리의 추억이 떠오른다. 그때와 같은 설렘을 느끼지만 손끝은 선물이 아닌 앞에 놓인 작은 카드를 향해 먼저 다가간다.

착한 남편이자 착한 아빠에게 수현 산타가 주는 선물이야.♡

남편 모르게 산타 역할을 수행한 아내가 적은 글을 읽는데 금세 눈시울이 붉어진다. 주책없이 눈가에 물이 잔뜩 고이더니 급기야 뚝뚝 떨어진다.

어린 시절에는 산타 할아버지에게 원하는 선물을 받으면 행복감 뒤에 묘한 죄책감이 동반되었다. 엄마 말도 잘 안 듣고, 친구들과도 다투고, 양치질도 거르고, 거짓말도 하고, 숙제도 가끔 안 해서 착한 아이만 받을 수 있는 선물을 받을 자격이 없다고 생각했기 때문이다. 하지만 불량 아이에게도 매년 잊지 않고 선물을 챙겨주시는 산타 할아버지를 보며(?), 앞으로 착한 아이가 될 아이도 충분히 선물을 받을 자격이 있다는 것으로 생각을 바꾸었다. 당시의 선물처럼 '앞으로 착한 남편과 착한 아빠가 되어달라'는 의미로 느껴지면서 미안함과 함께 고마운 마음이 교차했다.

정성스레 포장지로 감싸고 크리스마스 카드를 붙여서 리본까지 달아놓으니 뜯기가 영 미안하다. "편하게 뜯어봐도 돼"라는 아내의 말을 듣고, 조심스러운 손길로 첫 번째 포장을 벗기니 '파친코'라고 적혀 있는 책이 모습을 드러낸다. 읽고 싶었는데 도서관의 예약 대기가 너무 길어 무한 대기 중이었던 소설이다. 책을 좋아하는 남편이 은연중에 했던 말을 기억했다가 선물로 준 것이다.

이쯤 되니 두 번째 선물도 책이라는 것 정도는 쉽게 추측할수 있다. 설렘에 기대를 더해 남은 포장을 뜯는데 '파친코'라고 적힌 글자가 또 보인다. 자세히 살펴보니 글자 색상이 다르고 옆에숫자 2가 적혀 있다. 소설 《파친코》는 두 권으로 구성되어 있다. 보통 여러 권으로 구성된 책은 한 권을 읽고 재미있으면 이어서구입을 하는데 통 큰 아내는 두 권을 한 번에 선물해주었다. 덕분에 기쁨도 두 배가 되었다.

신혼 초에 아내가 생일 선물로 사준 '프○다' 명품 지갑을10년 넘게 잘 사용하고 있다. 책 선물이 그때보다 열 배는 더 기쁘게 느껴진다. 아내의 사랑이 더해진 책을 한 꼭지, 한 꼭지 곱씹으며 읽어 내려가는 내내 행복해진다. 선물의 가격보다 마음이더 중요하다는 사실을 40여 년 만에 깨우친다. 이후로는 안방에놓인 《파친코》 책을 볼 때마다 착한 남편이자 착한 아빠가 되겠다고 다짐하게 된다. 아내가 큰 그림을 그린 듯하다.

3월 14일 화이트데이, 드디어 기다리던 퇴근 시간이 되었다. 수현 산타에게 보답할 기회가 주어졌는데 챙겨야 할 여인이 하나가 아니고 둘이다. 얼마 전부터 시작된 공식적인 외도(?)에 아내는 질투심을 느끼는 듯하지만 딱히 불편함을 표현하지는 않는다.

설레는 마음으로 일주일 전부터 사물함에 고이 보관해둔 수제 초콜릿 두 상자를 잘 챙겨서 집이 아닌 꽃집으로 향한다. 두 여인을 챙기느라 지출이 많아져 용돈 예산이 빡빡해진 탓에 꽃다발 대신 장미꽃 한 송이씩, 두 송이를 주문한다. 단골 가게 사장님은 역시 선물의 기본을 알고 있다. 아내와 딸을 위한 꽃 포장에 정성을 들인 게 느껴진다. 받아서 들고 가는 내내 착한 남편이자 아빠가 된 것 같아 기분이 좋다.

꽃과 초콜릿이면 아내와 딸이 웃을 수 있는 충분한 조건이 되지만 아내가 적어준 크리스마스 카드를 생각하며 행복의 여운을 더 길게 늘리기 위해 짧은 글이 적힌 카드를 추가한다.

초콜릿보다 달달한 인생을 만들어 주는 아내여서 고맙고, 사랑해.♡

꽃과 초콜릿에 달콤한 글까지 더해지니 집 안에 웃음이 끊이지 않는다. 유치원생 딸도 분홍색 장미꽃을 받았다며 좋아한다. "꽃 이름을 어떻게 알았어?"라고 묻는 아빠에게 "장미꽃 하고 튤립 이름은 알아"라고 답하며 지식을 뽐낸다.

한글을 잘 모르는 딸을 위해서는 특별한 카드를 준비했다. 하트를 크게 그리고 '류서아, 박수현, 류귀복' 우리 가족 세 사람의 이름을 하트의 선을 따라 적고, 주변에 다양한 크기의 하트를 그려넣었다. 아빠의 그림 편지가 마음에 쏙 드는지 딸아이는 작은 손에 카드를 꼭 쥐고 놓지 않는다. 온 가족의 얼굴에 웃음꽃이 피어나니 평소보다 수십 배는 더 행복한 저녁이다.

학창 시절 신학기가 되면 새로운 만남의 어색함을 깨고 빨리 친해지기 위해 '마니토'를 했던 기억이 난다. 마니토가 정해지면 지정된 친구의 수호천사가 되어 편지나 선물을 전달하고 책상도 정리해주면서 각별히 잘 챙겨주었다. 이때 정체를 들키지 않는 것이 핵심이다. 마지막 날이 되면 "내가 너의 마니토였어"라고 알려준다. 서프라이즈 발표가 끝나면 예상외의 결과에 광대가 승천하기도 하고, 때로는 실망하기도 한다. 시간이 흘러 당시 마니토였던 친구들의 이름과 얼굴은 떠오르지 않는다. 하지만 작은 선물을 받고 설레었던 순간은 지금도 온전히 기억에 남아 있다.

크고 작은 기념일을 챙기다 보니 부부가 된다는 것은 '평생 서로의 마니토가 되어주는 것이 아닐까?'라는 생각이 든다. 마니토의 어원이 스페인어로 '매우 가까운 친구, 친밀하다'의 뜻인 'manito'에서 유래했기 때문이다. 평생 배필이 생기면 상대방을 대신하여 청소도 하고 설거지도 한다. 이따금씩 선물로 마음을 전하기도 하고 쪽지와 편지로 애정을 표현하기도 한다. 다정한 말과 소소한 이벤트로 서로를 챙겨주다 보면 삶은 늘 설레고 가정은 점점 더 화목해진다. 복리로 쌓여가는 행복감은 덤이다.

매일이 선물 같은 두근거리는 삶을 살기 원한다면 사랑하는 사람의 수호천사가 되어 묵묵히 상대를 보살펴주는 마니토가 되어보는 것도 괜찮을 것 같다. 그래서 나는 눈을 감는 마지막 날까지 사랑하는 아내의 '매우 가까운 친구'가 되어 살뜰히 챙겨주려 한다. 마니토는 원래 밝혀지면 안 되지만 부부간에는 비밀이 있으면 안 되니 정체를 숨길 필요도 없다.

피 한 방울 섞이지 않은 남도 챙기고 사는 세상인데 가족은 잘 챙기고 살아야 하지 않겠나.

달을
매일 보게
해주세요

스마트폰이 짧게 진동한다. 30년 우정을 나눈 친구가 카카오톡으로 "잘 지내?"라고 안부를 묻는다. 매주 화요일마다 대학병원 주사실에 가서 몸에 주삿바늘을 찌르고 약을 넣고, 그것도 부족해서 진통제를 수시로 복용하는데 이게 잘 지내는 것일까? 고민도 잠시, 나는 답을 적는다.

"응, '잘 지낸다'의 기준치를 낮게 하면 잘 지내."

애매모호한 말이지만 고맙게도 친구는 숨겨진 의미를 이해하고 함께 공감해준다.

강직성 척추염을 진단받고 격주마다 주사 치료를 받으며 수시로 소염진통제를 복용한다. 거기에 더해 원인을 알 수 없는 극심한 두드러기로 격주마다 또 다른 주사를 맞으며 항히스타민제까지 복용한다. 이쯤 되니 복용하는 고혈압 약은 영양제처럼 느껴진다. 누군가의 시선에서는 직장과 너무나 잘 어울리는 힘겨운 삶이라고 보이겠지만 나는 언제나 기분 좋게 잘 지내고 있다고 답한다.

직원과 환자를 겸임하고 있는 덕분에 연차를 내지 않고 주사실에 방문하고 진료도 받을 수 있다. 통증이 심한 날이면 먼저 안부를 묻고 배려해주는 동료들이 있고, 힘겨운 몸을 이끌고 퇴근하면 전속력으로 달려와 '아빠' 하고 안기는 딸과 부족한 남편을 멋진 가장으로 포장해주는 자존감 강한 아내가 있다.

달갑지 않은 질병을 진단받은 지도 어느덧 10여 년이 흘렀다. 병약한 육체의 공백을 좋은 인연들이 채워준 덕분에 가장으로서 직장을 포기하지 않고 있다. 이 정도면 아프지만 충분히 잘 지내고 있는 것이다.

한동안 삼각 별 로고가 새겨진 고급 차를 타고 한강이 내려다보이는 고층 아파트에 살면서 알파벳 'C'가 두 개 엮여 있는 브랜드의 가방을 드는 것이 행복이라고 여긴 적이 있다. 이러한 생각은 '로비에 성당이 있는 건물'에 입사한 후 환자가 되고부터 서서히 바뀌게 되었다.

입원복을 입고 힘겹게 휠체어에 몸을 옮겨서 검사를 위해 내려오는 환자들을 보면서 깨닫게 된 것이 있다. 평범한 하루는 다시 오지 않을 수도 있는 소중한 하루였던 것이다. 이 단순하지만 의미 있는 사실을 받아들이고부터 삶에 작은 변화가 시작되었다.

아침에 눈을 뜨고, 출근을 하고, 좋아하는 커피를 마시고, 사랑하는 사람과 눈을 맞추고 이런저런 이야기를 나누는 것. 별거 아니라고 생각되는 일들이 누군가에게는 매우 의미 있는 일이 되기도 하고, 내게도 특별한 일로 여겨지기 시작했다.

짜증 내는 동료나 환자를 보더라도 더 이상 화가 나지 않았다. 알파벳 'C'를 이용한 입에 담기 민망한 말들을 내뱉는 환자들을 보면 오히려 귀중한 시간을 성치 않은 마음으로 보내고 있는 그들이 안쓰럽게 느껴지기도 했다. 자존감이 낮아지고 마음까지 불안해진 동료들을 보면 위로해주고 싶어졌고, 직장에서 적당한 주인의식은 필요하지만 선을 넘어서 타인의 인생에까지 주인이 되려는 이들을 보면 보듬어주고 싶어졌다.

사람들은 저마다의 아픔과 슬픔을 각자의 가슴에 새기며 살아간다. 그리고 가까운 이들이 고통을 겪는 순간들도 예기치 않게 찾아오는데, 그때는 조용히 다가가 손을 잡아주거나, '괜찮아?'라고 따뜻하게 한마디 해주면 그것으로 충분하다. '너의 아픔이, 당신의 아픔이, 나의 아픔이기도 해'라고 공감을 표현해주면, 말이 지닌 따스한 온기가 마음이 아픈 이에게 전달되어 '잘 지내'의 기준치를 조금씩 낮춰주게 된다.

그때부터는 고통도 괴로움도 전부 별거 아닌 그저 환상일 뿐이라는 〈반야심경〉의 가르침을 실행하든, 벽에 걸린 십자가를 보고 기도하든, 쌓여가는 근심과 걱정에서 벗어나고 병마와 싸워 이기기 위해 스스로 믿음을 견고히 하거나 마음을 단단히 할 기운이 생겨난다. 마음이 다치고, 넘어지고, 또다시 넘어져도 다시 일어나야 하는 게 인생이다.

완치되기 어려운 질병과 함께하다 보니 의욕과는 다르게 천천히 움직이는 육체와 한없이 약해지는 정신으로 힘겨울 때가 많았지만 이제는 아픔과 동행하려고 노력한다. 몸이 아프면 잠시 쉬고, 마음이 아프면 달래준다. 가지지 못한 것에 대해 불평하는 것을 그만두고, 가진 것에 대해 감사하기 시작했다. 그랬더니 소중한 지인들의 "잘 지내?"라는 안부 인사에 "'잘 지낸다'의 기준치를 낮게 하면 잘 지내"라는 더할 나위 없이 감사한 답을 할 수 있게 되었다.

늦은 밤, 거실에서 딸이 갑자기 기도할 때 손을 어떻게 해야 하는지 물어본다. 두 손의 손바닥을 맞대어 "서아랑 우리 가족 모두 매일매일 행복하게 해주세요"라고 말하며 기도하는 모습을 보여주니, 고사리손을 예쁘게 모아서 창밖을 보더니 눈을 감는다. "무슨 기도했어?" 하고 물으니 "달을 매일 보게 해주세요" 하고 기도했단다. 달을 매일 보는 것, 평범하지만 소중한 하루를 즐겁게 보내고 저녁을 맞이하는 것, 어린 딸은 아빠와 다른 듯 같은 기도를 하고 있었다.

가족과 친구, 몇 가지 장난감만 있으면 하루종일 웃고 떠들며 즐거울 수 있었던 어린 시절을 떠올려본다. 행복을 눈앞에 두고도 행복을 찾아다니는 어리석은 어른들이 아이들처럼 순수해질 수 있다면 그토록 원하던 행복이 바로 옆에 있었음을 쉽게 깨닫게 될 것 같다.

따뜻한 배려로 함께해주는 주변 사람들과 성심을 다해 치료에 힘쓰는 의료진들 그리고 우리의 삶을 지탱해주는 사랑하는 가족이 있다. 무엇이 더 필요한가.

당신은 지금 잘 지내고 계시나요?

꿈에서 만나

"생일 축하해. 선물이야."

아내와의 연애 시절, 큐빅으로 가득 채워진 예쁜 머리핀을 하나 사서 건네주었다. 환한 얼굴로 기쁘게 선물 상자를 받던 풋풋한 여대생의 모습이 지금도 머릿속에 생생하다. 하지만 그 머리핀을 착용한 아내의 모습은 기억에 없다. 아내는 머리핀을 하지 않기 때문이다. 그날 아내는 본인을 위해 선물을 준비한 내 마음에 감동해서 미소를 보였던 것이다. 이처럼 물질보다 마음을 더 중요하게 여기는 현명한 아내를 만난 것을 내 인생의 가장 큰 행운이라고 생각하며 살고 있다.

자존감이 높은 아내는 고맙다는 말도 곧잘 한다. '고맙다'는 세 글자는 가진 힘이 엄청나서, 매번 기념일이 되면 긴축재정을 선포하면서까지 무리해서 큰 선물을 장만하게 만든다. 한동안 외식 대신 집밥을 계속 먹으면서도 기쁨이 길게 지속되는 희한한 상황이 수년째 이어지고 있다.

어느덧 부부가 된 지도 10년이 지났다. 부부는 닮는다고 하더니 모든 물건을 정가에 구입하던 아내가 이따금씩 당당히 할인을 요구한다. 상대의 호의 앞에서 묵언 수행을 선보이던 남편 역시 지금은 고맙다는 말을 자주 한다. 고맙게도 배운 것을 써먹을 기회가 한 번 더 온 듯하다.

원고가 완성되고 책으로 나오기까지 많은 사람의 격려와 도움이 있었다. 그분들에게 이렇게 지면으로 감사 인사를 전할 수 있게 된 것은 류씨 가문의 큰 영광으로 기억될 듯하다.

먼저, 순도 100퍼센트의 즐거움으로 작성한 첫 번째 이야기에 '키득키득' 웃으며 반응해준 사람들에게 고맙다는 인사를 전하고 싶다. 부족한 글을 흥미롭게 읽어준 세 사람 덕분에 긴 여정을 시작할 용기를 얻었다.

가장 먼저 1년에 책을 한 권도 읽지 않아 난독증이 의심되던 이웅 치과기공사가 "푸흡" 하며 몰입해서 글을 읽더니, "우와! 웬만한 책보다 재미있는데요?"라고 극찬해주어 모자란 자신감이 많이 채워질 수 있었다.(다행히 지금은 그도 꾸준히 다독을 실천하고 있다.)

두 번째로 꾸준히 독서를 이어가는 '불사조' 오창범의 격한 반응과 따스한 격려도 큰 힘이 되었다. 고래도 춤추게 만든다는 칭찬답게 엄청난 도움으로 작용했기에 아끼는 친구의 이름을 남긴다.

세 번째로 책을 남자 보듯 멀리하는 30대 중반 여성의 역할이 매우 컸다. 그녀는 매번 글을 보낼 때마다 "재밌는데? 다음에 또 보내줘"라고 호응해주면서 다음 에피소드를 기다려주었다. 본인 사연이 담긴 꼭지가 나오길 내심 기대했는데 끝내 실리지 않아 미안할 따름이다. 결혼할 남자친구를 데리고 인사를 와야 글의 영감이 떠오를 텐데, 내가 영감이 될 때까지 기다리는 소식이 없을 것 같아 마음 한편이 늘 무겁다. 키 크고 언젠가는 날씬해질(?), 얼굴에 웃음이 많은 성격 좋은 류니아에게도 오빠가 책을 출간한 기적과 같은 기적이 일어나서 좋은 짝이 '짠' 하고 나타나길 간절히 소망한다.

원고의 마침표를 찍기까지 중간중간 글감이 떠오르지 않아 속상한 시기가 있었다. 끝이 보이지 않던 세 번의 슬럼프는 소중한 인연들의 도움을 받아 벗어났다.

우선 아내의 지인이 운영하는 카페 비그린에서 많은 글을 썼다. 스마트폰 메모장으로 에피소드 세 꼭지를 반나절 만에 완성한 날도 있다. 주인 부부만큼이나 카페의 터가 좋은 게 확실하다. 포천에 갈 일이 있다면 비그린에 방문해볼 것을 추천한다.

원고가 절반 정도 완성되었을 때, 쓰고 지우고 다시 쓰고 지우기를 반복해도 소재가 떠오르지 않았다. 때마침 육아 휴직에서 복귀한 다은이 엄마, 김자혜 치과위생사가 복직과 동시에 귀에 피가 날 정도로 많은 이야기를 들려준 덕분에 두 번째 위기를 수월하게 넘겼다.

세 번째 고비는 딸아이 원장님의 예상치 못한 선행을 우연히 알게 되면서 극복할 수 있었다. 다섯 살 어린 서아가 안경에 잘 적응할 수 있도록 유치원에서 같이 안경을 쓰고 보살펴준 원장님은 아이에게 최고의 은사로 우리 가족에게 영원히 기억될 듯하다. 라온베베 유진아 원장님처럼 아이를 진심으로 아끼고 사랑하는 교육자가 주변에 많아지길 바라본다.

"서아야, 자자."
창밖이 깜깜해지고 시계의 작은 바늘이 11시를 가리키면, 안방의 불을 끄고 안락한 퀸사이즈 침대 옆에 있는 작은 범퍼침대에 몸을 넌다. 가로 120센티미터, 세로 160센티미터. 비좁은 공간에 세 가족이 들어가기 위해 하단 범퍼 부분을 열고 지낸 지는 이미 오래다.

좁은 공간에 힘겹게 몸을 구겨 넣고, 아이가 잠들기까지 기다리는 시간은 의외로 행복하다. 아이는 잠들기 전 "잘 자, 사랑해. 꿈에서 만나"라고 인사해주기 때문이다. 어느 날은 장난기가 발동되어 "서아야, 이따가 찾아가서 노크 세 번 할게. 노크 소리 들리면 문 열어줘"라고 말하니, 아이가 "아빠, 문 열어놓을게. 그냥 들어와도 돼"라고 답한다.

엄마, 아빠에게 활짝 문을 열어주는 딸아이처럼 나의 부모님은 부족한 아들을 위해 항상 마음의 문을 열어놓으신다. 이 책을 읽으며 가장 많은 눈물을 흘리셨을 사랑하는 나의 어머니 주명혜 여사님에게는 "비록 아프더라도 낳아주셔서 감사합니다. 잘 키워주신 덕분에 아빠가 되어 너무나 행복합니다. 사랑합니다"라는 인사를 꼭 전하고 싶다.

지구상에서 본 그 누구보다도 평생을 가장 성실하게 살아오신 아버지 류명열 장로님은 언제나 내가 가장 존경하는 인물이다. "아버지를 닮도록 늘 노력하겠습니다. 사랑합니다"라는 장남의 속마음을 넌지시 꺼내본다.

부족한 사위에게는 한없이 넘치는 어여쁜 따님을 기꺼이 보내주신 장인 박종한 님과 장모 이상순 님께도 "수현이와 서아와 지금처럼 행복하게 잘 살겠습니다. 항상 감사드립니다"라는 다짐 겸 인사를 드리고 싶다.

이야기가 시작될 수 있도록 안부를 물었던 30년 지기 박은석과 좋은 책을 추천해주면서 영감을 불어넣어준 로고스의 김상준 팀장님에게도 감사를 전한다.

부족한 무명작가의 가능성을 보고, 원고 투고 3일 만에 선뜻 계약서를 보내주신 도서출판 지성사 이원중 대표님에게는 감사 인사만으로는 부족할 듯싶다. 시작된 인연이 길게 이어질 수 있도록 출판사에 도움이 될 수 있는 저자가 되도록 노력하는 것만이 은혜를 갚는 길이라 생각한다.

어느덧 마지막이다. 첫 문장을 작성하고부터 출간이 결정되기까지 1년. 모든 순간 가장 가까운 곳에서 끊임없는 격려와 응원, 조언과 희생으로 함께해준 아내 박수현에게는 고마움을 넘어 존경과 사랑을, 날개는 없지만 본인이 천사라고 굳게 믿고 있는 착한 딸 류서아에게는 무한한 사랑을 전한다.

얼마 전, 얼 나이팅게일의 《사람은 생각하는 대로 된다》라는 책을 읽었다. 천사 같은 아내와 본인이 천사라고 믿는 딸과 함께 살고 있으니 지금 있는 이곳이 내게는 곧 천국일 수 있겠다.

끝으로 나의 소중한 반쪽에게 한 번 더 인사를 전하며 첫 번째 여정을 마치고자 한다.

"수현아, 사랑해. 우리 지금처럼만 행복하자.^^"

늦은 밤, 안방 침대에서

류 귀 복